Impressum

Bibliografische Information der Deutschen Nationalbibliothek: Die Deutsche National-bibliothek verzeichnet diese Publikation in der Deutschen Nationalbibliografie; detaillierte bibliografische Daten sind im Internet über dnb.dnb.de abrufbar.

Herstellung und Verlag: BoD – Books on Demand, Norderstedt
ISBN: 9783756258604

Sämtliche Figuren, Firmen und Ereignisse dieses Romans sind frei erfunden. Jede Ähnlichkeit mit echten Personen, lebend oder tot, ist rein zufällig und von der Autorin nicht beabsichtigt.
Dieses Buch enthält explizite Sex Szenen. Daher ist es nur für Leser ab 18 Jahren geeignet!

Komi

Die Gefährtinnen
Teil 1

Erotikroman

Teil 2 ~ New York

Inhalt

Jonas flieht vor der örtlichen Polizei hinein in den Urwald von Komi. Plötzlich steht er einem aufbrüllenden Tiger gegenüber. Er glaubt, seine Zeit ist abgelaufen. aber der Tiger stürzt plötzlich vor ihm zu Tode. Wer hat ihn getötet? Er sieht sich um und bemerkt ein grünes Augenpaar im dichten Gebüsch lauern...

Aksinja ist, entgegen ihres besseren Wissens, auf Jonas angewiesen, dass er ihr hilft, die schwere Beute in ihr Dorf zu schleppen. Dort trifft er auf eine Gruppe von Frauen, die ebenso erstaunt sind wie er. Sie nehmen ihn mit Freuden auf. Er ist ein Mann und das wollen sie nutzen. Sie versetzen ihn in einen Rauschzustand und vergewaltigen ihn...

Jagd

Vorsichtig streift Aksinja durch das dichte Gebüsch, irgendwo in den Urwäldern von Komi. Sie setzt ihre Schritte behutsam, immer bedacht, auf keine knorrigen Äste, oder auf raschelndes Laub zu steigen. Die gefährlich, große Beute, nicht weit von ihr entfernt, hat sie noch nicht gewittert. Majestätisch und bedächtig schreitet das große Tier durch das Dickicht des Urwaldes. Die großen Pranken setzen lautlos einen Schritt nach den anderen. Es scheint keine Angst zu haben und es wirkt auch dementsprechend mutig. Vorsichtig pirscht sich die Jägerin näher… noch näher… immer darauf bedacht, dass sie gegen die leichte Brise, die durch die Blätter rauscht, läuft. Der Tiger vor ihr, darf sie nicht wittern, sonst ist alles umsonst. Konzentriert hält sie kurz den Atem an und hebt vorsichtig und achtsam den Bogen mit dem angelegten Pfeil. Lange hat sie dieses mächtige Tier verfolgt. Oft hat sie es schon vor sich gesehen, aber noch nie war sie so nahe dran! Normalerweise gibt es keine derartigen Raubkatzen in dieser Gegend. Was hat es veranlasst, den weiten Weg hierher zu machen? Langsam spannt sie den Bogen… immer mehr… bis die Sehne fast zu zerreißen droht. Ihre Augen visieren scharf ihr Ziel. Ihre Armmuskeln zittern vor Anspannung…

Plötzlich hält das mächtige Tier inne und hebt witternd den Kopf. Grrr… Sie hört deutlich das gefährliche Knurren. Sie darf jetzt auf keinen Fall scheitern! So nahe wird sie dem Tiger nie mehr wieder kommen! Kurzentschlossen und konzentriert lässt sie los. Der Pfeil durchdringt surrend die kalte Luft. Das Geschoss verfehlt jedoch sein Ziel. Frustriert guckt sie dem leise knurrenden gestreiften König des Dschungels hinterher. Wieder nichts! Dabei war sie sich so sicher, dass es dieses Mal klappen würde! Irgendetwas hat ihn gewarnt. Sie weiß es nur noch nicht, wer oder was es war. Hinter dem dichten Gebüsch in Deckung bleibend, prüft sie aufmerksam die nahe Umgebung. Holz knackst. Etwas Schweres nähert sich. Was kann das sein? Neugierig beugt sie sich etwas weiter nach vorne. Hinter ihr knurrt plötzlich das große Tier. Der Tiger ist noch nicht weggelaufen. Es scheint, als lauere er selbst auf die sich nähernde Beute. Sie verhält sich still. Sie ist sicher, dass sie noch nicht aufgedeckt ist. Ihr Atem ist gleichmäßig und ruhig. Ihr Puls ist stabil. Jahrelange Übung hat sie auf diese, oder ähnliche Situationen trainiert.

Dann sieht sie ihn. Ein Mann? Was tut er da? Hat er sich verlaufen? Sie beobachtet immer wieder Menschen aus der anderen Welt, die den dichten Wald in Gruppen durchlaufen. Sie werden mit einem Guide sicher durch den Urwald geführt. Aber sie hat noch nie Kontakt mit denen aufgenommen. So will sie es auch dieses Mal halten. Sie beobachtet den Mann, der sich scheinbar orientierungslos und sichtbar gehetzt umsieht… und er ist alleine. Der Tiger knurrt nahe ihrem Gebüsch. Er wird den Mann angreifen und zerfleischen! Das Tier brüllt mit einem weit aufgerissenen Maul auf. Seine langen, spitzen und gefährlichen Eckzähne blitzen in den hereinfallenden Sonnenstrahlen auf. Er ist jetzt der Jäger und wird ziemlich sicher Erfolg haben, denn der Mann scheint waffenlos zu sein. Aksinja kann dies nicht zulassen. Der Mann ist wehrlos. Der Tiger wird ihn zerfetzen und als Mahlzeit missbrauchen! Sie sieht die Chance, den Tiger doch noch zur Strecke zu bringen. Sie dreht sich geräuschlos herum und legt wieder ihren Bogen an. Der Pfeil ist eingespannt und zeigt ruhig auf das imposante Tier. Sie zaudert nicht lange und erlegt mit einem Schuss den eingewanderten König eines ihm fremden Dschungels.

Erschrocken hechtet der Mann zur Seite und landet hinter einem breiten Baumstamm. Gehetzt sieht er um sich. Sie bleibt wo sie ist. Sie will, dass er wieder verschwindet! Aber der Unbekannte hat das tote Tier entdeckt. Argwöhnisch nähert er sich dem riesigen, leblos liegenden Körper auf dem Boden. Zu seiner Vorsicht hat er jetzt doch eine Pistole gezogen. Sie kennt diese Art von Waffen. Sie sind laut und tödlich. Sie hat es schon mehrmals beobachtet, wie die Menschen damit wehrlose Tiere erlegt haben. Der Kopf des Tigers fällt nun, nachdem er seinen letzten Lebenshauch von sich gegeben hat, auf den Nadelboden. Die Augen sind geschlossen. Die Zunge hängt ihm aus dem Maul.

Jonas sieht sich um. Er und das erlegte Tier sind alleine. Vorsichtig tastet er den toten und doch so schönen Körper ab. Seine Hand berührt andächtig das gestreifte Fell. Ein sehr mächtiges und muskulöses Tier! Wer hat es getötet? Wer hat ihn gerettet?! Jonas ist sich sicher, dass das Tier ihn mühelos getötet hätte, wenn ihm nicht jemand zuvor gekommen wäre. Nur wer? Er sieht sich argwöhnisch um. Vorsichtig, langsam steht er auf und hebt seine Waffe, nachdem er sie entsichert hat. Er dreht sich einmal um seine eigene Achse. Er will nicht aggressiv herüber kommen. „Ich bin als Freund hier!", schreit er in den scheinbar seelenlosen Dschungel. War dort eine Bewegung? Die dicht belaubten Äste eines bodennahen Busches haben sich bewegt. Es war kaum zu sehen, aber seine Augen waren zufällig in dieser Richtung. „Bist du da drinnen?" Er sieht genauer hin. Er glaubt, ein grünes Augenpaar, das ihn permanent und bewegungslos anstarrt, zu erkennen. „Komm heraus, ich tu dir nichts!", schmeichelt er. Seine Pistole liegt noch in seiner Hand, die er jedoch weit von sich gestreckt hat. Schnell sichert er sie und steckt sie hinter seinen Rücken in die Hose zurück. „Siehst du? Ich bin ein Freund!", versucht er es noch einmal und geht einen Schritt weiter auf das Gebüsch zu. Vorsichtig greift er nach den dicht belaubten Ästen und schiebt sie zur Seite. Vor ihm hockt ein wunderschönes Mädchen…

Verwundert sieht er sie an. Lange blonde Locken umrahmen ein unschuldig aussehendes Gesicht. Die grünen Augen sehen gebannt in seine. Der zierliche Körper steckt in einem kampfähnlichen Tarnanzug. Klobige schwarze Schnürstiefel runden ihr fragwürdiges Outfit ab. Resolut dreht sie ihre blonden Locken auf und versteckt sie unter einer grünen Haube. Dann zieht sie Fäustlinge an. Es ist wirklich kalt. Geschockt, wegen des märchenhaften Waldwesens, zuckt Jonas etwas zurück und streckt dann doch eine Hand nach Aksinja aus. „Hi, ich bin Jonas!", stellt er sich lächelnd vor. Sie zuckt etwas ängstlich zurück. Sie will einfach nichts mit ihm zu tun haben. „Komm, ich tu dir nichts!" Er interpretiert ihre Abwehr als Angst und zieht seine Hand zurück und streckt sie weit weg von seinem Körper. Sie ignoriert seine Geste und erhebt sich.

Weit kommt sie nicht. Sie ist ziemlich klein und reicht ihm gerade mal bis zur Brust. Er steht ihr ihm Weg. „Wer bist du?" Jonas' Versuche mit ihr zu kommunizieren, scheitern. Sie antwortet nicht. Kann sie nicht sprechen, oder versteht sie ihn nicht? Er weiß es nicht. Er versucht es noch einmal, sie an der Hand zu berühren, aber scheitert schon wieder. Sie schaudert zurück und bleibt mit einem Sicherheitsabstand zu ihm stehen. Er zuckt mit den Schultern und zeigt auf die gestreifte Beute. „Hast du den Tiger erlegt?"

Aksinja besinnt sich ihrer Mission. Sie muss den Tiger in Sicherheit bringen! Es ist ihre Beute! Lange hat sie gebraucht, dass sie dieses Tier, das so lange ihre Gefährtinnen terrorisiert hat, zur Strecke gebracht hat. Ihr Stamm wird sie feiern und sie werden ein Fest veranstalten! Das Fell wird ihr zu Ehren überlassen. Sie weiß schon, welches Kleidungsstück sie sich daraus nähen wird. Zielstrebig geht sie auf das, am Boden liegende Tier zu. Sie muss es irgendwie in ihr Dorf bringen. Sie kann es unmöglich dem Mann überlassen! Es ist ihre Beute! Basta! Er beobachtet fasziniert ihre

Mimik. Ihr Blick hastet umher und schließlich scheint Bewegung in sie zu kommen. Aksinja geht auf die riesigen Nadelbäume zu und reißt ruckartig an den herunterhängenden Lianen. Geschickt bindet sie ein brauchbares, festes Seil daraus und geht auf das tote Tier zu. Bewundernd beobachtet Jonas, wie sie das Tier schnell und effizient schnürt, um es transportfähig zu machen. Dann erhebt sie sich geschwind und versucht den schweren Körper über den Boden zu bewegen. Immer wieder nimmt sie Anlauf. Der schwere Kadaver bringt ihren zierlichen Körper an ihre Grenzen. Frustriert schreit sie auf. Sie hat doch eine Stimme! Er versucht sich ihr vorsichtig zu nähern und greift nach der kunstvoll geschnürten Schlaufe. Mit Gesten versucht er ihr klar zu machen, dass er ihr nur zu helfen versuche. Sie willigt zögerlich ein und sie zerren schließlich den toten Tiger gemeinsam weg.

Ihr Blick schweift ständig zu ihm hinüber. Schweren Herzens lässt Aksinja es zu, dass er ihr hilft. Anders geht es nicht. Sie ist leider zu schwach, das schwere Tier alleine zu schleppen. Wäre eine ihrer Gefährtinnen hier, wäre es kein

Problem gewesen. Sie checkt ihn ab. Er ist groß, viel größer als sie. Jonas spürt ihre Blicke überdeutlich. Er sagt nichts. Er will ihr nur helfen, das Tier zu transportieren. Außerdem ist er neugierig, wohin sie ihn jetzt führt. Hoffentlich kommt er nicht in Teufels Küche! Er ist auf der Flucht. Dabei ist er in den Wald gerannt und hat sich versteckt. Immer wieder sind die Verfolger ihm auf die Pelle gerückt und er ist immer tiefer in den Dschungel gelaufen, bis der Tiger ihn, laut brüllend, gestoppt hat. Vor Schreck ist er einfach wie erstarrt stehen geblieben und das schöne Tier hat ihn mit hochgezogenen Lefzen bedroht. Jonas hat es gesehen, dass es sich zum Angriff bereit gemacht hatte. Seine Hinterläufe waren angespannt. Als er versucht hat, seinen Revolver zu ziehen, ist es plötzlich umgefallen. Der tödliche Pfeil ist wie aus dem Nichts gekommen und hat seinen kräftigen Hals durchbohrt.

Schweigsam ziehen sie den schweren Kadaver durch den Wald. Aksinja ist hochkonzentriert. Ein totes Tier ist gefährlich. Es zieht andere hungrige wilde Tiere an. Plötzlich lässt sie ihre Schlaufe fallen. Blitzschnell holt sie ihren

Bogen nach vorne und spannt einen Pfeil ein. Sich langsam drehend, durchstreift sie mit scharfen Blicken die Gegend… ganz ruhig. Den Mann neben ihr scheint sie völlig ausgeblendet zu haben. Jonas sieht sich ebenfalls um. Er hat nichts Verdächtiges gehört und dreht sich wieder zu der kleinen Frau um, die noch immer nichts gesprochen hat. Sie holt ihre Waffe wieder ein. Es ist falscher Alarm gewesen. Aksinja atmet erleichtert durch und nimmt die Schlaufe wieder auf. Sie ziehen weiter. Für Jonas scheint es eine Ewigkeit zu dauern, bis er auf einmal Stimmen zu hören glaubt. Zuerst ganz leise… dann werden sie immer deutlicher. Es muss das Ziel sein, dass sie angestrebt hat. Sie schlurfen weiter, stetig den schweren Kadaver hinter sich herziehend.

Er ist nicht erstaunt, dass Frauen ihnen entgegen laufen. Er sieht sich einigen unterschiedlichen, aber nichtdestotrotz gefährlichen Waffen, ausgesetzt. Aksinja lässt Jonas mit dem Tier stehen und geht ruhig den Frauen entgegen. Mit einer ihm fremden Sprache redet sie schnell auf sie ein, worauf sie ihre Waffen, langsam aber noch immer misstrauisch, senken. Er ist erleichtert und lächelt ihnen beruhigend zu. Aksinja nähert sich ihm wieder und winkt ihm, dass er ihr folgen soll. Sie überlässt es ihm, das Tier alleine hinter ihr herzuziehen. Schnaufend landet er inmitten fremder Frauen, die unterschiedlichen Alters sind. Wer sind sie?

„Lasst ihn in Ruhe! Er hat mir geholfen den Tiger hierher zu bringen! Irina, geh weg von ihm!", herrscht Aksinja die neugierigen Mädchen an. Alle wollen den Mann betasten, als wäre er ein Alien. „Er ist unser Gast! …Seht her! Ich habe den großen Tiger getötet! Bereitet das Fest vor!" Aksinja steht mit hoch erhobenen Haupt vor der ausschließlich weiblichen Truppe. Jonas ist verdattert. So etwas gibt es doch nur im Fernsehen! Amazonen?! Sie alle sind ähnlich wie Aksinja gekleidet. Aksinjas Hand zerrt an seinem Arm. Er lässt sich in eine einfache Holzhütte führen. Scheu lächelnd bietet sie ihm einen Platz an. Jonas zieht vorerst seine gefütterte Lederjacke aus. Hier drinnen ist es wohlig warm. Ein knisterndes Feuer prasselt in einem Kamin. Er nähert sich der wohligen Wärme des Feuers und streckt seine

Hände aus. Sie sind blutig. Er hat den Tiger ohne seiner schützenden Lederhandschuhe den langen Weg gezerrt. Das hat er nun davon! Er sieht sich um und hält Aksinja seine Hände entgegen, weil er hofft, dass sie ihm helfen kann.

Sie klatscht in die Hände und ruft nach einem Mädchen. Er glaubt den Namen Eira zu hören. Sicher ist er sich nicht. Eine junge Frau eilt herein und schreckt sichtlich vor dem großen Mann zurück. „Das ist Jonas. Er hat sich an den Händen verletzt. Bitte säubere und verbinde sie!", weist Aksinja Eira an. Sie nickt und sieht Jonas vorsichtig an. Dann holt sie den kleinen Koffer hervor, den sie hinter ihrem Rücken verborgen gehalten hat und stellt ihn vor sich hin. Den Blick auf seine Hände senkend, greift sie nach einer braunen Flasche. Sie spritzt eine übelriechende braune Flüssigkeit auf einen sauberen Schwamm und drückt ihn auf seine blutigen Handflächen. „Aaah…au!" Er zuckt seine brennende Hand zurück und sieht sie entgeistert an. Eira drückt indessen unbeirrt eine neu befeuchtete Ecke des Schwammes auf die andere Hand. „Scheiße… das brennt ja wie die Hölle!", schreit Jonas noch einmal auf. Unwirsch, ob des wehleidigen Mannes, zieht die junge Frau seine Hand neuerlich zu sich und tupft sie sauber. Dasselbe macht sie mit der anderen.

Jonas beißt knirschend die Zähne zusammen. Er muss ihr vertrauen, dass sie das richtige tut. Die Hände sehen schlimm abgeschürft aus. Er ist so dumm gewesen, dass er seine Handschuhe schonen wollte. Jetzt hat er die Rechnung dafür bekommen. Shit. Eira ist dabei, einen kühlenden Matsch aufzutragen und verbindet seine Hände mit sauberen Bandagen. Er atmet auf. Aber er hat sich zu früh zurück gelehnt. Eira hat noch einen Trunk für ihn. Skeptisch blickt er auf das Blatt, das wie ein Trichter zusammengerollt vor seiner Nase schwebt. Eira schiebt es vor seine Lippen und sieht ihn auffordernd an. „Trink das endlich. Sonst bekommst du Fieber!" Jonas sieht verdattert zu Aksinja. Sie hat in seiner Sprache gesprochen?! „Du sprichst meine Sprache?", fragt er. „Ja… unter anderen. Trink!", fordert sie ihn nun mit zusammengezogenen Augenbrauen auf. Jonas wendet sich wieder Eira zu, die geduldig gewartet hat. Nun schiebt sie das Blatt zwischen seine Lippen und er macht automatisch, ohne weiter nachzudenken, auf. Die ekelerregende Flüssigkeit rinnt in ihn hinein. Eira hat so ihre eigenen Methoden und deckt seinen Mund fest mit ihrer Hand ab und drückt auf seine Kehle, damit ihre Medizin auch sicher an seinen Zielort ankommt. Jonas hatte keine Chance sich zu wehren. Es ist alles so schnell gegangen, dass er schlussendlich froh ist, dass es vorbei ist. Er muss husten. Eira klopft kurz, aber kräftig auf seinen Rücken, packt ihre Sachen ein und schließt ihre Tasche. Sie neigt kurz den Kopf in seine Richtung und meint zu Aksinja in ihrer finnischen Sprache: „Ich bin hier fertig. Morgen sehe ich noch einmal nach ihm!" Aksinja nickt. Eira eilt hinaus.

Aksinja ruft nach einem anderen Mädchen, das ihm ein weiteres zusammengedrehtes Blatt bringt. Er runzelt die Stirn. Was ist das? „Trink das. Es wird dir gut tun. Das ist so etwas wie Milch!", erklärt ihm Aksinja. Er versteht und nimmt es nun entgegen. Er kostet. Es schmeckt wirklich irgendwie nach Milch. Gierig nimmt er Schluck für Schluck. Er hat schon lange nichts mehr getrunken und gegessen. Aksinja sieht ihn zufrieden an. Dann reicht sie ihm ein anderes aufgefaltetes Blatt mit Essbarem. Skeptisch sieht er in den braungesprenkelten Matsch. Etwas bewegt ist darin. Lebendes Getier? Es sieht aus wie Scheiße! Mein Gott! Er beobachtet Aksinja, wie sie ihren Finger hineinsteckt und einen großen Teil davon in den Mund schiebt. Grinsend deutet sie ihm, es ihr gleichzutun. Er will nicht! Ekelhaft! Widerlich! Er schüttelt mit verzerrtem Gesicht den Kopf. „Das esse ich nicht!" Aksinja verdreht die Augen. Dieser Mann ist zimperlich! Sie kennt die Welt da draußen. Sie hat sie schon gesehen. Dieser Kerl muss lernen, auch fremde Gerichte zu essen. Hier gibt es keinen Braten! Hier gibt es nur, was die Natur hergibt. Abends gibt es Tigerfleisch. Es wird ihm besser schmecken, vermutet sie.

Sie sieht ihn sich genauer an. Er hat seine Jacke schon lange ausgezogen. Sein Hemd klebt verschwitzt an seinem Körper. Seine schwarze, mittlerweile stark verschmutzte Lederhose liegt wie eine zweite Haut an seinen kräftigen Oberschenkeln an. Er hat Muskeln. Er ist trainiert. Fragt sich jetzt nur, wann geht er wieder? Bleibt er eine Weile hier und wie kann er sich hier in ihrem Dorf nützlich machen, wenn es so ist? Sie sieht in seine Augen, die blau wie der tiefe Ozean leuchten. Seine dunklen Haare sind zerzaust. Am liebsten würde sie hineinwühlen und fühlen, ob sie weich sind. Seufzend erinnert sie sich an das letzte Mal. Es ist lange her… Aksinja schreckt auf. Er hat sich ihr genähert und presst nun seine Lippen auf ihre! Ihre Augen aufreißend, will sie sich zurückziehen. Aber er hält sie im Nacken fest. Seine sanften Lippen streifen über ihren bebenden Mund. Ihre Augen sind aufgerissen. Er hat sie einfach überrumpelt!

Jonas konnte nicht anders. Sie hat ihn angestarrt, als wollte sie etwas von ihm. Er hat sich einfach nach vorne gebeugt und sie zu sich gezogen. Ihre Hände, zuerst zögerlich, wühlen sich jetzt durch seine, leicht verschwitzten Haare. Es fühlt sich gut an. Er genießt die wandernden Hände auf seiner Kopfhaut. Er versucht ihren Mund zum Öffnen zu bringen. Zärtlich beißt er in ihre Unterlippe. Mit einem kleinen Seufzen öffnet sich ihr Mund und seine Zunge stößt vorsichtig nach vorne und schlingt sich um ihre. Aksinja genießt dieses, bereits wieder unbekannte wohlige Gefühl eines Kusses. Der Mann ist fordernd. Es gefällt ihr, wie er ihr schmeckt. Sie überlässt sich ganz seiner Führung. Seine Zunge fordert ihre heraus und sie nimmt diese Herausforderung an. Bald zieht er sie auf seinen Schoß. Der Kuss dauert an. Schmelzend, sich seinen Zärtlichkeiten hingebend, vergisst Aksinja, dass sie ihren Pflichten als Anführerin ihres Volkes nachgehen sollte.

Vergangenheit

„Aksinja!" „Aksinja!" Mehrmals wird die junge Frau auf Jonas' Schoß gerufen. Langsam dringt die fordernde Stimme zu ihr durch. Mit einem widerwilligen Seufzen löst sie sich von den starken Armen. Es hat so gut getan! Florence steht hinter ihr. „Was… was ist Florence?" „Aksinja! Du musst hinauskommen. Olga und Irina streiten sich furchtbar!" „Ich muss weg!", murmelt sie in Jonas hinein und löst sich missmutig aus seiner Umarmung. Er bleibt alleine zurück. „Was war das eben?" Jonas ist platt. Der Kuss hat ihn umgehauen. Diese weichen Lippen. Er hört nur nebenbei mit, was gesprochen wurde. War das französisch? Sicher! Er hat jedes einzelne Wort gehört. Wer sind diese Frauen nur, fragt er sich erneut.

Aksinja tritt auf den großen Platz, der von vielen kleinen Hütten umrahmt ist. „Was ist hier los!" Aksinja Stimme ist laut und schrill. Sie starrt verärgert auf die zwei, mittlerweile raufenden, Frauen vor sich. Sie wälzen sich über den harten ausgetretenen Lehmboden und wirbeln viel Dreck auf. „Aufhören! Sofort!" Sie winkt anderen Frauen, damit sie die Streithähne auseinanderreißen. Nun stehen sie, eingekeilt von jeweils zwei jungen Frauen, vor ihrer Anführerin. „Also? …ich höre!" Streng mustert sie, die aus allen Poren dampfenden, aufgebrachten Frauen. Arrogant hebt sie eine Augenbraue und wartet ab. „Irina führt sich auf, als würde der Mann schon ihr gehören!" Aksinja hebt die Augenbraue noch weiter und starrt Irina geschockt an. „Gar nicht wahr! Olga will ihn!" Aksinja schüttelt den Kopf. Männer sind hier Mangelware. Hier kommen nie welche vorbei. Sie kann sich vorstellen, dass sie die Gelegenheit wahrnehmen wollen und Sex mit dem Mann suchen. Sie wissen, was sie ihnen vor die Nase gesetzt hat. Scheiße! Sie kann den Ärger, der auf sie zukommt förmlich riechen! „Sperrt sie für den Rest des Tages ein, damit sie sich überlegen können, ob es klug ist, um einen Mann zu streiten!" Dann dreht sie sich ohne weitere Worte um und geht wieder auf ihre eigene Hütte zu.

Jonas hat der Szene zugesehen. Er hat aber mit keinem Wort verstanden, um was es geht. Er kennt die Sprache nicht. Ist es Russisch? Vielleicht. Aber er hat Aksinja beobachtet. Sie ist sehr autoritär. Sie gefällt ihm. Er beobachtet sie, als sie auf ihn zukommt. Sie ist klein. Aber ihre Beine sind lang und schlank. Ihr Busen spannt den Stoff über dem Brustteil und ihr Bauch ist flach. Eine sehr schöne Amazone! „Was ist?!" Ärgerlich keift sie ihn an. Ohne wirklich eine Antwort zu erwarten, geht sie an ihm vorbei in die Hütte. „Um was ist es da eben gegangen?", kann er sich nicht zurückhalten zu fragen. Den Kopf schüttelnd meint sie: „Um nichts, was ich nicht wieder aus der Welt schaffen kann!" Er zuckt die Achseln. Es geht ihn nichts an. Weiber! Er setzt sich auf eine Decke auf dem Boden. Mobiliar gibt es hier nur spartanisch. Einzig eine Holzpritsche, das offensichtlich ein Bett sein soll, steht auf der anderen Seite des Raumes. Es gibt keinen ordentlichen Tisch und keine Sitzmöbel. „Sehr gemütlich hier!" Sein sarkastischer Ton, holt sie aus ihren Gedanken. „Entschuldigung, wenn du dich hier nicht wohlfühlst. Du kannst jederzeit gehen!" Er versucht es anders. „Wer seid ihr? Woher kommt ihr? Was macht ihr hier?" „So viele Fragen! Wer bist du?" Er lacht. Sie macht ein Geheimnis aus ihrer Gegenwart. Er will ihr entgegenkommen. „Jeder hat drei Fragen, die wir beantworten müssen… Okay?" Stirnrunzelnd sieht sie ihn an. Eigentlich will sie auch wissen, mit wem sie es zu tun hat! „Okay! Du zuerst!"

Jonas setzt sich gerader hin und überkreuzt die Beine. Er denkt nach. Er hat viele Fragen, aber nur drei Antworten wird er bekommen. „Woher kommst du?" „Russland." Jonas runzelt die Stirn. Eine Russin? „Du?" „Amerika!", antwortet er geistesabwesend. Seine Augen sind fest auf sie gerichtet. „Was machst du hier?" „Ich lebe hier.", kommt es wie aus einer Pistole geschossen. Er schüttelt den Kopf. Sie ist ihm zu kurz angebunden. Sie hat etwas zu verbergen. „Du?" „Ich bin vor der Justiz davongelaufen!", gibt er preis. Im nächsten Moment hätte er sich ohrfeigen können. Das sind zu viele Informationen! Ihre Pupillen weiten sich. Ein Mann, der das Gesetz gebrochen hat? „Was hast du getan?", fragt sie deshalb gleich hinterher. „Ich bin unschuldig."

Aksinja verzieht hämisch das Gesicht. Das behaupten sie alle! Sie wendet sich kopfschüttelnd ab. „Eine Frage habe ich noch.", ruft er ihr hinterher. „Wieso bist du hier?" Sie sieht ihn lange an. Er glaubt, dass sie ihm nicht mehr antwortet. „Ich habe einen Mord begangen!" Ihre Stimme ist leise. Ihre Augen füllen sich mit Tränen. Still sitzen sie sich gegenüber. Jonas ist nicht wirklich von ihrer Aussage überzeugt. Diese Frau ist nicht fähig einen Mord zu begehen... oder doch? „Willst du es mir erzählen?", schmeichelt er und legt beruhigend seine Hand auf ihr Knie. Sie sitzt ihm gegenüber ihm Schneidersitz.

Achselzuckend begegnet sie seinem mitfühlenden Blick. „Wir, meine Freundinnen und ich haben bei einer Demonstration auf dem Moskauer Platz mitgemacht. Es war eine wilde Demonstration und ist eskaliert. Wir haben mit Baseballschläger auf Menschen eingeschlagen, als sie uns festhalten wollten. Ich habe einen Mann auf den Kopf getroffen, der dann umgefallen und auch nicht mehr aufgestanden ist." Aksinja stockt. Ihre Haut ist aschfahl, obwohl es hier in der

Hütte, neben dem Kamin, sehr warm ist. Jonas drückt mitfühlend ihr Knie. „Bist du dir sicher, dass er tot war?" „Nein. Er hat stark geblutet. Er hat sich nicht mehr gerührt. Er ist wie tot dagelegen!", schreit sie mit lauter sterbender Stimme. „Was passierte dann?" Sie sieht in ausdruckslos an. „Tja, meine Freundinnen haben mich weitergezogen. Die Miliz hat angefangen, den Aufstand mit Handgranaten einzudämmen. Wir sind geflohen. Polizisten haben uns gesehen und sind uns gefolgt. Wir konnten ihnen entkommen und sind erst einmal untergetaucht." Aksinja' Augen sind nass. Es muss furchtbar gewesen sein. Jonas ist geschockt. „…und warum seid ihr jetzt hier?" Aksinja schluckt. „Irina wollte einkaufen gehen und wurde erkannt und verraten. Du musst wissen, dass wir per Steckbrief gesucht wurden. Die Polizei hat Irina festgenommen. Sie konnte sich losreißen und fliehen. Wir haben erkannt, dass wir nicht in Sicherheit waren und haben uns für einen Aufenthalt für Sibirien fertig gemacht. Olga hatte später die Idee, dass wir in die Wälder von Komi gehen sollen. Da sucht uns sicher kein Mensch. Tja, da sind wir…" „Wie sind die anderen Mädchen zu euch gekommen?" „Wir haben in Sibirien einige kennen gelernt und sie für unsere Sache gewonnen. Sie sind alle für irgendetwas begabt. Eira kennst du schon. Sie ist eine Heilerin. Wir haben eine Tischlerin, eine Näherin, eine Schlosserin und sogar eine Köchin!" „Was seid ihr? Olga, Irina und du?", fragt er vorsichtig. „Wir sind Kämpferinnen… ausgebildet von der russischen Miliz!", Aksinja' erhobenes Gesicht zeigt einen gewissen Stolz. „Nicht wahr!", ruft er überrascht aus. Deshalb der Tarnanzug. Die Jagd… Sie sehen eine kleine Weile in die Augen des anderen…

„Jetzt du…" Aksinja sieht ihn aufmerksam an. „Ich bin des Mordes angeklagt und bin deshalb geflohen. Ich will nicht in ein Gefängnis gehen, für einen Mord, den ich nicht begangen habe! Nun warte ich auf eine positive Nachricht meines Anwaltes, der mich bei Gericht vertreten hat und Einspruch erhob. Solange bleibe ich hier." Aksinja ist alarmiert. „Wie will der Anwalt dir eine Nachricht zukommen lassen?!" „Ich habe ein Satelitentelefon." „Gib es sofort her!" „Nein!" Sie funkeln sich an. Sie hat

Angst, dass dieses Telefon ihren Standort verrät. „Du bringst mich und meine Gefährtinnen in Gefahr, entdeckt zu werden!" „Es ist ausgeschaltet. Wenn du willst, schalte ich es nur ein, wenn ich nicht in eurem Dorf bin!", versichert er. Aksinja hat andere Pläne. Sie wird es ihm stehlen! Mit einer Affengeschwindigkeit springt sie auf ihn zu und will ihn außer Gefecht setzen. Aber Jonas ist selbst ein trainierter MMA Kämpfer. Mit Leichtigkeit wehrt er ihre Attacke ab und springt behände auf. Ein harter Abtausch an gezielten Schlägen prasselt auf sie beide ein. Aksinja kämpft verbissen und setzt ihre Beine, Arme und Fäuste ein. Jonas ist ein harter Brocken. Seine Größe ist sein absoluter Vorteil. Dennoch ist sie trainierter als er, weil sie jeden Tag aufs Neue, ihre und die Sicherheit ihrer Gefährtinnen gewährleisten muss. Das Training mit Irina und Olga stehen auf der Tagesordnung. Sie haben auch schon versucht die anderen mit gezielten und praktischen Selbstverteidigungstechniken vertraut zu machen, aber nur kleine Fortschritte diesbezüglich erzielt. Also bleibt die Verantwortung bei ihr.

„Scheiße!" Aksinja liegt auf dem Boden. Der schwere Körper Jonas' bedeckt schwer atmend ihren ebenso hechelnden zierlichen Körper. Sie sind beide schweißüberströmt. Aksinja schlingt ihre Beine um seine Hüften und will ihn umdrehen. Es gelingt ihr nicht. Er ist eindeutig im Vorteil. Seine massigen Muskeln sind schwer zu bewegen. Er grinst dreckig. „Was willst du jetzt machen?" Sie schnaubt. „Geh runter von mir!" Schwerfällig langsam stützt er sich auf seine Arme auf. Sein Becken reibt an ihrer Mitte. Ihre Beine sind noch immer um ihn geklammert. Sie zuckt ihm entgegen. Dann löst sie sich missmutig von ihm. „Lass es zu, Aksinja!" Er lässt sich in einer Liegestütz wieder zu ihr hinunter und küsst sie fest, fast brutal auf die bebenden Lippen. „Geh runter von mir, hab ich gesagt!" Sie versucht zuzubeißen. „Ergibst du dich?" „Ja!" Dann erst springt er mit einem Satz hoch. Mit stolzem Gesichtsausdruck steht er über ihr und streckt ihr die Hand entgegen. Diese ignoriert sie geflissentlich und dreht sich weg, um alleine aufzustehen. Sie muss ihm das Satelitentelefon lassen. Sie sieht dennoch keine Chance, es ihm wegzunehmen. Sie muss zu drastischeren Mitteln greifen. Heute Nacht wird sich die Gelegenheit bieten…

Jonas ist zufrieden. Die Fronten sind geklärt. Aksinja begegnet ihm mit mehr Respekt und lässt ihn in ihrem Dorf herumspazieren. Neugierig sieht er sich um. Der große Platz ist mittig und von einigen Holzhütten umgeben. Die Hütten sehen sehr stabil aus. Die Frauen haben hart gearbeitet, aber sehr gute Arbeit geleistet. Er ist erstaunt. Die zivilisierte Welt käme ohne entsprechendes Werkzeug nicht zurecht. Hier ist alles Handarbeit! Dennoch sieht er einige Dinge, die sie noch verbessern könnten. Er kann hier helfen… Er begegnet den anderen Mädchen. Sie kichern, oder starren ihn an. Er will sie näher kennen lernen und versucht es mit seinen bekannten Sprachen, wie seine Muttersprache englisch… gebrochenes deutsch… etwas französisch… stotternd spanisch… ganz gut italienisch. Mehr geht nicht. Mit zwei Mädchen hat er ein Gespräch geführt, aber nicht viel in Erfahrung bringen können. Sie sind sehr schüchtern gewesen. Er versucht es weiter.

Aksinja durchwühlt indessen seine wenigen Habseligkeiten, die er in ihrer Hütte liegen hat. „Mist!" Sein Satelitentelefon ist nicht hier. „Suchst du etwa das hier?" Grinsend steht Jonas in der Tür. In der Hand hält er das begehrte Objekt. „Gib es mir… sofort!" „Mm…" Er scheint sich blendend zu amüsieren. „Mistkerl!" Er lacht und steckt es wieder in seine Hosentasche zurück. „Es ist mein einziges Fahrticket nach Hause!" „Wo bist du zu Hause?", fragt sie neugierig. „In Amerika!" „Das hast du mir schon erzählt! Was machst du genau?" „Ich leite einen Konzern. Finanzen.", erklärt er vage. „Du bist reich?" „Kann man so sagen…" Sie zuckt die Achseln. Er will nichts Genaueres preisgeben. Soll er seine dämlichen Geheimnisse für sich behalten! Ihr doch egal, schmollt sie und dreht sich demonstrativ von ihm weg. Er lächelt. Sie ist süß, wenn sie schmollt.

„Aksinja! Komm, wir haben ein Begehr wegen der Feier heute Abend!" „Ich komme!" Aksinja folgt der jungen Frau zu den anderen. Sie ist überrascht. Die komplette Mannschaft hat sich versammelt. Sogar Irina und Olga, die eigentlich bis am Abend in Arrest bleiben sollten, sind anwesend. „Was soll das hier?", misstrauisch blickt sie in die entschlossenen Gesichter. Jannika tritt vor. „Aksinja! Wir haben uns überlegt, was wir mit Jonas machen." „Ja…?" Aksinja schwant Fürchterliches und wartet ab. „Wir wollen Sex haben! Wir wollen Jonas haben! Die Feier bietet sich dazu an." „Das könnt ihr nicht ernst meinen!" Aksinja ist entsetzt. Das ist Vergewaltigung! „Wir verabreichen ihm ein Rauschmittel… dann ist er über lange Zeit potent und wir kommen alle zum Zug… Er wird am nächsten Tag zwar einen Kater haben, aber nichts mehr wissen." Aksinja sieht von einer Frau zur anderen. Sie scheinen wirklich entschlossen zu sein. Sogar Eiras Augen glänzen in Vorfreude auf das Ereignis. Aksinja weiß, wie es abläuft. Sie werden abstimmen und sie kann und darf es nicht verhindern… auch wenn sie dagegen stimmen sollte.

Sie seufzt abgrundtief. „Glaubt ihr wirklich, dass es so einfach ist? Gefährtinnen! Denkt nach! Was ist, wenn er es erfährt? Dann kommen wir in Teufels Küche! Er ist reich! Er kann uns das Leben zur Hölle machen! Wollt ihr dies riskieren? Wollt ihr riskieren, wegen einer Nacht, nie mehr in die andere Welt zurückkehren zu dürfen?!", versucht sie ihre liebeshungrigen Gefährtinnen umzustimmen. „Wir wollen ihn, Aksinja! Keines deiner Befürchtungen wird uns umstimmen, nicht wahr Gefährtinnen?" Jannika dreht sich zu allen um. Alle wollen es. Sie sind heiß, heiß auf den Mann, der sich nicht weit von ihnen und völlig ahnungslos, aufhält. Sie nicken mit den Köpfen. Aksinja seufzt. „Dann soll es so sein. Stimmen wir ab." Sie hat es geahnt. Alle haben ihre Hand gehoben. Es ändert nichts, dass sie dagegen stimmt. „Bereitet das Fest vor! Jonas hat Hunger!", meint sie mürrisch.

Aksinja kehrt schlecht gelaunt in ihre Hütte zurück. Jonas liegt auf ihrem Bett. Auch das noch! Sie überlegt, wo sie für ihn eine geeignete Schlafstatt organisieren soll. Aber es ist ja egal. Heute wird er die Betten ständig wechseln. Scheiße!! „Bist du immer noch sauer, weil du mein Telefon nicht bekommen hast? Sie schnaubt abfällig und dreht sich weg von ihm. Auch wenn sie auf ihn sauer ist, aber das, was auf ihn zukommt, hat er nicht verdient! „Wann steigt das Fest?", fragt er sie. „Ich habe Hunger!" „Du kannst es wohl nicht erwarten, was?" „Was? Zu essen?" Sie starren sich an. Spätestens jetzt beschleicht ihn eine böse Ahnung. „Sag mir, was los ist?" „Was soll schon sein!", wiegelt sie ab. Entschlossen, sich nicht weiter seinen Fragen auszusetzen, zieht sie ihren Tarnanzug an, steckt ein Bowiemesser in die Scheide an ihrem Bein und nimmt Pfeile und Bogen zur Hand. „Ich gehe jagen!" Er springt auf. „Ich komme mit!" „Nein, du bleibst hier. Du verscheuchst mir die wilden Tiere!" Fluchtartig verlässt sie die Hütte. Jonas macht sich Sorgen. Er weiß, dass sie es gewohnt ist, alleine den Wald zu durchstreifen. Aber jetzt muss er sich Gedanken machen… und er macht sich Sorgen! Unruhig verlässt er ebenso die Hütte und gesellt sich zu den anderen. „Kann ich euch helfen?" Die Frauen starren ihn alle auf einmal an. Er fühlt sich wie ein Hase vor dem Gewehrlauf. Was wollen sie von ihm? Er sieht Eira an, die er am besten kennt. Sie denkt fieberhaft nach, was sie ihm anschaffen könnte. Ihre Gedanken sind bei heute Nacht und was sie mit ihm anstellen könnte. Sie wird rot.

„Du könntest mit mir Holz sammeln gehen. Ein starker Mann wie du kann sicher viel tragen.", meint Irina aufreizend. Unerschrocken fixiert sie ihn mit begehrlichen Augen. „Sicher, ich kann dich begleiten.", meint er ruhig und überlässt ihr gentlemanlike den Vortritt. Olga geht hinter ihm nach. Ihm ist nicht wohl. Zwei Frauen, die offensichtlich scharf auf ihn sind, sind ihm nicht geheuer. Er muss aufpassen. Sie leiten ihn weg von ihrem kleinen Dorf in den Wald hinein. Sie zeigen ihm, welches Holz für das Feuer geeignet ist. Eine Zeit lang arbeiten sie schweigend dahin, bis Olga nahe an ihn herantritt. „Wollen wir es uns nicht gemütlich machen, Süßer?" Sie kratzt ihn mit ihrem Nagel leicht über seine Hand und weiter zu seiner Hose. Ihre Hand bleibt auf seinem Schritt hängen. Sie kneift zu. Er sieht sie reglos an. „Nimm deine Hände da weg!" „Ich denke, wir drei könnten viel Spaß hier draußen haben, glaubst du nicht?" Irina leckt sich über die Lippen. Sie ist inzwischen hinter ihn getreten und tastet seinen Oberkörper unter der Lederjacke ab. Was wird das jetzt? Jonas ist verärgert. Er pickt die fremden tastenden Hände von seiner Brust und seinen Eiern ab und tritt zur Seite. Olga lacht. „Ach, hab dich nicht so! Du willst es doch auch, nicht wahr mein Hübscher?" Jonas knurrt. Diese Weiber gehen ihm auf die Nerven. „Kehren wir wieder zurück!", kommandiert er und dreht sich weg. Mit langen Schritten lässt er die zwei liebeshungrigen Frauen hinter sich. Irina und Olga lachen hämisch. Er kann ihnen nicht entkommen. Heute Nacht…

Jonas kommt als erster wieder ins Dorf zurück. Sauer ladet er das ganze Holz von seinen Armen ab. „Wo sind Olga und Irina?" Aksinja ist wieder ins Dorf zurück gekommen. Sie hat ein paar Kaninchen erlegt, denen sie nun das Fell über die Ohren zieht. „Keine Ahnung! Sie sind nicht mit mir zurück gekommen!" Mürrisch, wie er ist, dreht er auf der Stelle um und verschwindet in der Hütte Aksinjas. Sollen sie doch alles alleine machen! Aksinja kann sich vorstellen, was Olga und Irina mit Jonas vorhatten. Konnten sie nicht warten?! Böse sieht sie ihnen entgegen. Sie schafft ihnen die Aufschichtung des gesammelten Holzes für das Lagerfeuer an. Ihr Ton ist schroff. Wütend rupft sie die Kaninchen und hängt sie zum Ausbluten auf eine Stange.

„Hast du das Rauschmittel vorbereitet?", fragt sie Eira. „Ja. Er wird keine Beschwerden haben. Er wird die ganze Nacht geil sein und morgen, wenn das Rauschmittel seine Blutbahnen verlassen hat, wird er sich an nichts mehr erinnern können. Vertrau mir!" „Er wird dennoch Schmerzen an seinem Schwanz haben, wenn ihn alle geritten haben, oder nicht?" Aksinja ist besorgt. Wie wird er reagieren, sollte er draufkommen, was sie ihm angetan haben? „Ich denke, ich werde ihm ein leichtes Schmerzmittel verabreichen. Er wird sich unwohl fühlen, als hätte er zu viel gegessen, oder getrunken. Aksinja, mach dir keine Sorgen!" Keine Sorgen machen?! Eira hat leicht reden! Sie sieht Olga und Irina bei der Arbeit zu. „Wie willst du es ihm geben?" Eira überlegt kurz. „Ich denke, dass ich es ihm auf das Fleisch tropfen könnte... und in sein Wasser. Es schmeckt nach gar nichts!" Aksinja wird schlecht, sie muss sich übergeben. „Hey, es wird ihm nichts tun!", ist Eira überzeugt. Und reicht ihrer Gefährtin einen Lappen, damit sie ihren Mund von dem Erbrochenen abwischen kann.

Im Rausch der Sinne

Die Nacht ist angebrochen. Der Vollmond leuchtet hell. Er scheint direkt auf den großen Platz des Dorfes. Alle Vorbereitungen sind abgeschlossen. Die Frauen sitzen laut lachend und plaudernd rund um das mächtige Lagerfeuer. Der Tiger wurde aufgespießt. Cara und Florence versuchen abwechselnd den Spieß gleichmäßig zu drehen. Jonas sitzt neben Aksinja. Er spürt ihre Unruhe. Sie starrt mürrisch zum Feuer. Er fragt sich, ob es noch immer wegen des Satelitentelefons ist. Er hat es versteckt, damit sie es nicht findet. Er muss es alle paar Tage einschalten und die Nachrichten seines Anwalts nach Neuigkeiten checken. Seine Absicht ist es, bald wieder in die zivilisierte Welt zurück zu kehren. Aber heute wird er das Fest genießen. Er hat Hunger… riesigen Hunger. Mit Freude denkt er an ein saftiges Fleischstück des Tigers. Ihm läuft sprichwörtlich das Wasser im Mund zusammen.

Aksinja steht auf. „Leute! Ich freue mich, dass wir wieder aufatmen können. Ich habe den Tiger erlegt. Er ist uns schon gefährlich nahe gekommen. Es wäre nur eine Frage der Zeit gewesen und er hätte eine von uns getötet!" Die Runde klatscht Beifall. Kreischende Rufe schallen über den Platz. Aksinja hebt die Hand und fährt fort: „Aber heute haben wir nicht nur einen Tiger zum Essen. Wir haben auch einen Gast unter uns… Jonas!" Sie blickt ernst auf ihn hinunter, während ihre Gefährtinnen jauchzend ihr Glücksgefühl kundtun. Sie freuen sich schon riesig auf die späte Abendstunde. Jonas verbeugt sich lachend. Er freut sich, dass er so freudig willkommen geheißen wird. Er ahnt ja nicht, was auf ihn zukommen wird. „Leute, das Buffet ist eröffnet!", schreit Aksinja und erntet frenetisch Beifall. Ihr schlechtes Gewissen brüllt auf, als sie Eira auf ihn zukommen sieht. Sie überreicht ihm lächelnd das erste Fleischstück, das ihn auf den Abend vorbereiten soll. Ahnungslos bedankt er sich und beißt ab. Genussvoll kaut er und schluckt es hinunter. „Das ist sooo guuut!", lobt er kauend. Die Meute frohlockt und sie klatscht begeistert in die

Hände. Er verbeugt sich grinsend und nimmt ein weiteres Stück entgegen. Zwischendurch wird er mit reichlich Wasser versorgt.

Jonas fühlt sich wie berauscht. Das Fest ist wirklich toll. Die Stimmung scheint durch den Vollmond mystisch und geheimnisvoll. Jeder isst mit Genuss. Keiner hat Hemmungen. Alle haben ihn freundlich aufgenommen. Einzig Aksinja ist etwas zurückhaltend. Aber was soll's? Er fühlt sich wohl in der Runde und beugt sich wie betrunken an seine Sitznachbarin. Wie heißt sie nochmal? „Wie heißt du meine Schöne?", raunt er. Seine Stimme ist leise. Noch kann er sich halbwegs beherrschen. Er ist nicht betrunken, lügt er sich ein ums andere Mal vor. „Florence!", kichert diese. Er hat sich schwer auf ihren Schenkel aufgestützt. Sie legt ihre Hand auf seine und hebt sie an ihren Busen. „Aah… du hast schöne Brüste. Zeig sie mir!" Er zieht leicht an ihrer Verschnürung am Vorderteil ihres locker sitzenden Oberteils. Sie lässt es geschehen und der Ausschnitt klafft noch weiter auf. Sie leckt sich über die Lippen. Sie will ihm weiterhelfen und legt ihre Hand in seinen

Nacken. Behutsam zieht sie ihn an ihr Dekolleté heran. Seine Zunge schnellt hervor und leckt über ihre salzige Haut.

Die Frauen starren die beiden an. Lustvoll und in freudiger Erwartung harren sie aus. Sie kommen heute alle noch dran. Die eine, oder andere greift sich in den Schritt. Sie sind ungeduldig und reiben ihre Pussy. Ein erster Orgasmus würde sie anheizen und sie auf seinen Einsatz vorbereiten.

Eira geht auf Florence und Jonas zu. Sie spritzt noch ein… zwei Tropfen ihres vorbereiteten Rauschmittels auf die Brüste der jungen Frau. Ahnungslos leckt Jonas sie auf und zieht eine rosige Brustwarze in seinen Mund hinein. Florence stöhnt auf. Sie hält ihn an Ort und Stelle fest und kann es nicht erwarten, dass sie endlich Befriedigung erfährt. Jonas Hand wandert südwärts und findet eine klatschnasse Pussy. „Jonas!", seufzt Florence. „Bitte nimm mich jetzt!" Jonas blickt auf. Die Gier in ihren Augen überzeugt ihn, dass es jetzt an der Zeit ist, in sie einzudringen. Er legt sie zurück und befreit sich von seiner Hose. Ein kollektives „Aaah…!" geht durch die

Reihen. Der Schwanz ist dick und lang! Er positioniert sich vor der nassen Pussy und stößt hinein. Florence schreit etwas gequält auf. Die Dehnung ist zu viel für sie! Aber er merkt es nicht einmal und fickt sie ohne Hemmungen. Er ist auf Drogen. Er nimmt das Publikum nicht mehr wahr. Er ist auf die Frau unter ihm fixiert. Seine Stöße bringen sie zum Schreien. „Jaaaa! Fick mich! Jonaaaas! Es kommt mir!" Der erste Orgasmus, den er beschert, bringt ihn zeitgleich auch zum Höhepunkt. Seine erste Spende ist vollbracht. Er fällt zur Seite. Der erschlaffte Penis liegt befreit auf seinem Bauch. Er will nur mehr schlafen und schließt die Augen…

Die Frauen haben das Szenario gebannt beobachtet. Einige haben sich dabei selbst zum Orgasmus gebracht. Florence hat es genossen. „Wie war es?" „Geil!" „Jetzt bin ich dran!" Irina ist schon auf dem Weg. „Aber er ist schlaff?!", meint Cara enttäuscht. „Nicht mehr lange. Ich mach das schon!" Irina drängt sich vor. „Lasst mich nur machen!" Sie beugt sich über den schlaffen Muskel und nimmt ihn lutschend in ihrem Rachen auf. Eira tropft Jonas in den Mund. Er soll nur nicht nüchtern werden! Irina leckt und züngelt den Penis. Sie nimmt ihn ganz in den Mund auf und saugt schmatzend. Olga tritt hinzu. Sie nimmt seine Hoden in die Hand und knetet sie durch. Der Schwanz steht stramm. Irina schluckt ihn und schiebt ihn sich ganz weit in den Rachen, bis sie seinen Bauch küsst. Jonas erwacht. Er fühlt sich so geil! Er sieht an sich hinunter. Irina und Olga, die geilen Weiber! Er drückt den Kopf Irinas wieder hinunter und lässt sie nicht mehr frei. Sie wehrt sich und muss aufgeben. Er lässt erst locker, als sie sich nicht mehr gegen ihn auflehnt, dann erst gibt er nach. Sie schnappt gierig nach Luft. Tränen rinnen über ihre Wangen hinab. Die anderen haben mit angehaltenen Atem zugesehen.

Seine Müdigkeit scheint überwunden zu sein. Er setzt sich auf, schnappt Olga und legt sie schwungvoll auf den Rücken. Er legt sich die Beine auf die Schulter und schiebt seinen steifen Penis in die Pussy vor ihm. Tief und tiefer dringt er vor. Dann setzt er Irina auf das Gesicht Olgas. Bevor Olga zu schreien beginnt, drückt er Irina auf den Mund unter ihr, damit Olga die Pussy über ihr zu lecken beginnt, was sie auch in ihrer Geilheit eifrig tut. Jonas fickt seine Partnerin heftig. Seine Ausdauer ist bemerkenswert. Dann wechselt er zu Irina. Sie stellt er auf alle viere, damit er sie von hinten nehmen kann. Mit voller Wucht drückt er seinen Schwanz in die klatschnasse Pussy, woraufhin sie sich aufbäumt. Olga liegt zum Lecken bereit und Jonas drückt Irina auf die vor ihr liegende Pussy. Durch die heftigen Bewegungen der Penetration, gleitet Irina, ohne viel dazuzutun, über die schmierigen Schamlippen Olgas. Sie kommen schreiend und gleichzeitig zum Höhepunkt. Jonas legt sich knurrend auf Irinas Rücken und hält sie mit ihrer Nase auf der zuckenden Pussy. Eine Weile halten sie still und lassen die Heftigkeit des Orgasmus abklingen.

Jonas lässt sich zur Seite fallen. Er ist müde… ausgelaugt. Er will nur mehr schlafen. Cara nähert sich dem Mann. Sie will es auch. Sie küsst die vollen Lippen des beinahe bewusstlos daliegenden Jonas. Sie streichelt sein Gesicht, seine Brust, seinen Schwanz und lässt ihre Lippen folgen. Sie tastet ihn ab. Die Brust, sein Eightback, seine V, das zu seinem schlaffen Glied führt, fasziniert sie so sehr, dass sie ihn überall küsst und leckt. Sie sieht zu, wie Eira ihn eintropft und sie küsst und leckt ihn unbeirrt weiter. Ihre Hand legt sich auf sein Glied und zieht vorsichtig seine Vorhaut vor und zurück. Sie hört sein Stöhnen. Er richtet sich leicht auf und sieht ihr zu. Sie leckt über seine Eichel, dann wieder nach oben bis zu seinen Lippen. Er küsst sie hingebungsvoll mit Zunge und zieht sie fest an sich. Sie hat im Vorfeld schon ihren Slip entfernt und sitzt mit nackter Pussy auf seinen, sich gerade wieder aufrichtenden Schwanz. Voller Vorfreude reibt sie ihr Becken an dem steifen Muskel und küsst ihn noch inniger. Er hebt sie etwas an und schiebt sich in sie. Sie fängt an, ihn zu reiten. Er kommt ihr entgegen und befreit ihren Mund von seinem. Dann beugt er sie etwas von sich. Der Winkel seines Glieds in ihr, ist berauschend. Die Reibung perfekt. Sie gebärdet sich immer wilder. Er packt sie an den Hüften und zwingt ihr sein Tempo auf. Schreiend ergibt sie sich ihm und gelangt in kurzer Zeit zu einem beglückenden Höhepunkt. Sie kommt wieder hoch und klammert sich an seine schweißnasse Brust.

Aksinja kann ihren Blick nicht von den lustvollen Szenen abwenden. Sie ist angetörnt, wie alle anderen hier. Dennoch macht sie sich Sorgen, dass er zusammenbrechen könnte. Sein Körper wird zu Höchstleistungen gezwungen. Eira tropft ihn immer wieder ein. „Glaubst du, dass er durchhalten wird. Immerhin sind noch einige übrig.", flüstert Aksinja sorgenvoll. Eira nickt. „Er ist ein starker Mann. Ich denke, dass er es aushalten wird. Jonas greift nach Eiras' Hand. Sie quiekt auf. Sie war nicht vorbereitet. Aber sie lässt es zu. Er küsst sie am Hals und hinunter zu den vollen Brüsten. Er legt sie zurück auf den Boden und küsst sie bis hinunter zu ihrer Pussy. Hingebungsvoll leckt er sie. Sie ist noch nie dort geleckt worden. Sie windet sich. Aber sie hält ihn fest auf sich, als er sich kurz zu ihr, nach oben, umgesehen hat. „Hör jetzt nicht auf, bitte!" Er senkt sich wieder auf die nassen Falten herab. Mit breiter Zunge berührt er den kleinen Knubbel, dann fickt er sie mit einem in die Vagina so tief er kann. Sie bäumt sich auf, als er einen zweiten Finger zu Hilfe nimmt. „Ja… ja… jaaa…" stöhnt sie glückselig. Seine Zunge ist unermüdlich und bringt sie zum Schreien, als sie es nicht hat kommen sehen. Er schleckt ihren Honig und hört nicht auf, bis er alles bekommen hat. Dann fällt er neben ihr zur Seite.

„Eira! Kann er noch einmal? Ich will auch Sex!" Eira wird aus ihrer Glückseligkeit gerissen. Sie muss ihn eintropfen. Aber sie muss auch ein Stärkungsmittel dazugeben, sonst kippt er ganz weg. Sie mischt eine weitere Substanz dazu und tropft ihn ein. Er tut ihr jetzt leid. Hoffentlich fällt diese Orgie nicht allen auf den Kopf. Wehe ihnen, wenn er es herausbekommt! Jonas beglückt noch fünf Mal die Frauen… einen Dreier und zweimal Einzel. Jede von ihnen kommt auf ihre Kosten. Einzig Aksinja verzichtet auf eine Begegnung mit Jonas. Nicht dass sie nicht Lust darauf hätte. Aber sie will es nicht so. Irgendwann geht sie in ihre Hütte. Eira hat ihr versprochen, dass sie Jonas später nachbringen wird.

Nach einer endlosen Stunde des Wartens klopft es endlich an ihrer Tür. Schnell öffnet sie und Jonas hängt völlig entkräftet an Eiras' Schulter. Gemeinsam schleppen sie ihn auf die Pritsche

Aksinjas und Eira tropft ihn ein letztes Mal. „Diese Substanz wird ihm die Schmerzen nehmen. Keine Sorge, dass er lange schlafen wird. Er wird entweder morgen aufwachen, oder erst nach Tagen. Ich werde morgen nach ihm sehen.", verspricht sie noch und verschwindet lautlos. Die Nacht war lang. Aksinja legt sich zu dem mittlerweile leicht schnarchenden Jonas und schläft augenblicklich selbst ein. Ein gewaltiger Blitz schlägt vor der Hütte in einen Baum ein. Der zeitgleich, ohrenbetäubende Donner scheint ein schlechtes Omen zu sein.

Irgendwann wacht er auf und drückt sich an Aksinja. Sie springt auf. Eira hat ihr dringend geraten, dass er so viel wie möglich trinken muss. Aufmerksam flößt sie ihm das milchähnliche Wasser ein, das er gierig zu trinken beginnt. Dann lässt er sich erschöpft wieder zurückfallen. Er greift nach der Frau neben ihm. Eira hat Aksinja auch vorausgesagt, dass er immer wieder das Bedürfnis zur Penetration verspüren würde. Dafür hat sie Aksinja eine kühlende Heilsalbe gegeben. „Trage diese Creme reichlich auf seine verkrampften Genitalien. Die Steifheit wird nachlassen und er kann entspannen. Aksinja greift nach der Heilsalbe, die Eira in einem grünen Blatt eingewickelt hat. Mit einem großen Klecks fängt sie an, seinen steifen Penis einzucremen und arbeitet sich zu seinen dicken Hoden vor. Sie muss sich zusammenreißen… Die Gelegenheit ist direkt vor ihr… Bald legt sie sich wieder zu ihm und wärmt seinen erkalteten Körper mit ihrem warmen. Er friert, dann ist ihm wieder heiß. Seine Temperatur wechselt von Zeit zu Zeit. Immer wenn er munter wird, flößt sie ihm Flüssigkeit ein und behandelt seine Genitalien.

Als endlich Eira wieder anklopft, ist sie müde und erschöpft. „Herein!" „Meine Güte! Hier sieht es aus, wie nach einer Schlacht!" Die Matratze und das Bettzeug sind fleckig. Beim Trinken ist viel daneben geronnen. Aksinja hat nach der Behandlung immer nur alles liegen und stehen gelassen. Die Heilsalbe liegt offen auf dem Boden. Aksinja steht ächzend auf. Ihr tut alles weh. Wenn Jonas wach geworden ist, musste sie ihn jedes Mal abwehren. Es hat sie alle Konzentration gekostet. Wenn sie mit

Jonas fertig war, ist sie schlecht eingeschlafen. Jonas selbst schläft wie ein Baby. Er sieht viel besser aus, als Aksinja selbst. Ihre Augen sind rot unterlaufen und sie hat schwarze Augenringe. Ihre Haut ist blass und durchscheinend. „Du kannst in mein Bett gehen und dich ausschlafen. Ich bleibe derweil hier. Ich muss arbeiten und kann dies auch hier tun." Eiras Vorschlag ist verlockend und Aksinja nimmt dieses Angebot nur zu gerne an. „Du rufst mich, sollte er vorzeitig bei Sinnen sein?", beschwört sie Eira. „Aber sicher!"

Eira macht es sich nahe des Kamins gemütlich, nachdem sie diesen mit Holz gefüttert und es angezündet hat. Sie holt ihr Heilkunde Buch hervor und fängt an, ihre neuesten Erkenntnisse einzutragen. Die Zusammensetzung von Kräutern, welche sie letzte Nacht bei Jonas angewendet hat, haben voll eingeschlagen. Es ist auf jeden Fall ein hochwertiges Potenzmittel. Gewissenhaft beschreibt sie, wie sie es vermischt hat. Es hat ihn zusätzlich in einen alles vergessenen Rauschzustand versetzt. Es war faszinierend zu sehen, wie er kompromisslos auf all ihre Gefährtinnen mehrfach eingegangen ist. Deshalb ist sie auch davon überzeugt, dass er als Mann ein fantastischer Liebhaber sein muss.

Sie hört sein Ächzen. Geschäftig läuft sie auf ihn zu und stützt ihn. „Langsam mein Süßer!" Sie hält den Becher vor seine Lippen und lässt ihn trinken. „Nicht so gierig. Immer langsam!" Er seufzt auf. Seine Lippen lecken einen nicht sichtbaren Rest weg. Sie lässt ihn wieder auf die Polster nieder. „Komm zu mir, Weib!" Sie lächelt. Sie kann sich noch sehr gut daran erinnern, wie es mit ihm war. Aber es darf nicht noch einmal passieren. Zumindest nicht so… Sie greift nach der Heilsalbe und zieht seine Decke weg. „Ja… nimm ihn!", verlangt er. Er scheint in einer anderen Welt zu sein. Die Droge hat ihn noch fest im Griff. Hat sie es übertrieben? War es zu viel? Sie verreibt die Salbe zwischen ihren Händen und greift nach dem Penis. Er ist schmerzhaft steif. Jonas stöhnt. „Jaaa… mach es mir. Jaa... genauso!"

Eira muss sich zurücknehmen. Sie zieht vorsichtig seine Vorhaut vor- und zurück, mit dem Vorwand, ihm Erleichterung zu verschaffen. Sie berührt zärtlich seine dicke Eichel und reibt die kühlende Salbe in sein Löchlein und auf das Frenulum. Zärtlich massiert sie mit dem Daumen mehrmals darüber. Jonas stöhnt. Es tut ihm gut. Eira streicht mehr Salbe über seinen Schaft. Sie nimmt ihn vollständig in die Hände und zieht die Vorhaut langsam vor und zurück. Dabei hat sie die Augen genussvoll geschlossen. Leise summt sie vor sich hin. Dann beobachtet sie neugierig den Mann vor sich. Sein Arm ist über seine Augen gelegt. Sein Stöhnen ist unüberhörbar. Sein Genuss lässt Lusttropfen aus seinem Löchlein hervorquellen. Sie nimmt seine Hoden vor und massiert sie mit ihren glitschigen Händen. Jonas wird unruhig. Sein Becken hebt sich ihr entgegen. Sie ergreift den Penis wieder mit einer Hand und penetriert ihn lustvoll… langsam… hingebungsvoll. Sie will jetzt, dass er kommt! Sie wird etwas schneller in ihrem Tun. Nicht mehr lange… dann bäumt er sich auf. Sein Sperma spritzt in kleinen Schüben auf seinen Bauch. Sie lässt ihn fertig kommen und legt sein erschlaffendes Glied zärtlich nieder. Schnell holt sie Tücher, um ihn abzuwischen. Dann deckt sie ihn liebevoll zu und küsst ihn leicht auf den Mund. „Schlaf gut, mein Süßer!", meint sie nur. Jonas schnarcht leise.

Sie setzt sich wieder zum Kamin. Leise lächelnd trägt sie ihre Erkenntnisse, rund um die Droge und das Potenzmittel in das Buch ein. Jonas' Körper wird wohl noch länger brauchen, um es abzubauen. Seufzend sieht sie ihn an. Er ist ein schöner Mann. Überhaupt ist sie mit ihren Gedanken bei dieser einen Nacht. Sie wird ihr in ewiger Erinnerung bleiben. Sein Gesicht war eigentlich nie entspannt, entsinnt sie sich. Er ist hoch konzentriert gewesen. Bei seinen Orgasmen hatte sie das Gefühl, dass es jedes Mal mit Schmerzen einhergegangen ist. Aber sie hat auch das Gefühl gehabt, dass er ein erfahrener Liebhaber ist. Er hat jede anders gefickt. Ihre Gefährtin, die ihr sehr nahe steht, hat er sogar in ihren Po gefickt. Jannika hat geschrien, als würde sie es zerreißen. Aber sie hat ihn nicht losgelassen, bis es ihr gekommen ist. Mein Gott! Sie ist dabei selbst ganz rot geworden! Irina hat den Schaft in den Mund genommen. Das Sperma hat sie wie eine Götterspeise entgegengenommen. Danach hat sie seinen Penis liebevoll gesäubert… mit der Zunge natürlich. Wie es sich anfühlt, fragt sich Eira. Sie beugt sich über ihr Buch. Sie muss die Empfindungen Jonas' eintragen. Es könnte wichtig sein.

Sie erinnert sich weiter. Florence und Jannika, mein Gott! Er hat sie auch gemeinsam gebumst. Er hat sie Bauch an Bauch auf den Boden gelegt. Florence, die unten gelegen ist, hat die Beine auf seinen Schultern drapiert und Jannika hat sich fest an Florence geschmiegt. Sie haben sich die ganze Zeit geküsst, während Jonas abwechselnd in die eine Pussy hinein und dann in die andere gerammt ist. Während er Florence gefickt hat, hat er Jannika mit seinen langen Fingern beglückt. Es war ein heißer Anblick für die anderen. Sie sind näher gerückt, um nur ja nichts zu verpassen und haben sich selbst in den Orgasmus gerubbelt. Eira glaubte sich in einer Massenorgie, was es dann wohl auch war. Schlussendlich sind die drei in einem Haufen zusammengefallen. Die Orgie hat zu diesem Zeitpunkt ein Ende gefunden. Einzig Aksinja hat es abgelehnt, an diesem Wahnsinn teilzunehmen.

Zu guter Letzt hofft sie, dass er keine Flashbacks bekommen wird, sonst kann es für sie alle böse enden! Sie beugt sich über ihr Buch und liest ihre Eintragungen durch. Dann beginnt sie die Nachwehen einzutragen. Den drängenden Durst des Patienten und den ständigen Drang nach Penetration. Gewissenhaft schreibt sie die Zutaten für die Heilsalbe auf und die damit einhergehende Linderung der brennenden Steifheit der Genitalien. Die Dauer des Rauschzustandes muss sie später nachtragen. Der Patient liegt noch immer im Koma.

Zurück ins Leben

Jonas Gedanken sind ruhig. Er wird wach. Er öffnet seine Augen. Langsam… Ruhig checkt er seine Umgebung ab. Wo ist er? Ist er krank? Er spürt einen Muskelkater. Wo genau kann er jetzt noch nicht sagen. Ihm ist heiß. Er versucht mit seinen Zehen die Decke nach unten zu ziehen. Aber vergebens. Seine Arme und Beine belasten ein Gewicht. Er sieht vorsichtig an sich hinunter. Lange blonde Haare, die durch den Sonneneinfall gleißend hell erscheinen, liegen aufgefächert auf seiner Brust. Er erinnert sich… Aksinja! „Hey…!" Er versucht sie von sich zu schieben. Sie scheint wirklich schwer zu sein. Dabei ist sie ihm immer sehr klein vorgekommen?! „Aksinja!", versucht er energischer auf sich aufmerksam zu machen. „Lasst mich… ich bin müde!" Er lächelt. Aber er will aufstehen. Warum ist das so schwer? Seine Arme und Beine sind wie Blei… so schwer… „Aksinja, bitte! Du erdrückst mich!" Hat er das gerade wirklich gesagt? Sie ist doch leicht wie eine Feder?! Oder doch nicht?

„Jonas?" Ihr Kopf rückt hoch. Dabei drückt sich ihr Ellbogen auf seine Rippen. „Au…!", jault er auf. Er fühlt sich, als wäre er zusammengeschlagen worden. Wund… verletzt… nicht er… „Du bist aufgewacht?", fragt sie verwundert. „Ja, wieso sollte ich noch schlafen? Die Sonne steht doch schon hoch am Himmel." Ihr Kopf dreht sich zu dem Fenster, als müsste sie sich selbst überzeugen. „Ja… du hast recht." Mühsam rollt sie von der Pritsche. Sie hat ihn, nach Eira, noch fünf Tage gepflegt. Mehrmals in der Nacht hat sie ihn behandelt.

„Wie geht es dir?", fragt sie ihn. „Etwas lädiert, würde ich sagen. Was ist passiert?" „Du hattest einen Unfall vor sieben Tagen." Ihre Gefährtinnen und sie haben sich abgesprochen über den wahren Vorfall Stillschweigen zu wahren und es als Unfall zu tarnen. Es ist besser so. Denn Gnade ihnen Gott, wenn er die Wahrheit herausfände! „Was ist passiert?" Noch ist seine Frage sachlich. Der Unfall ist noch nicht wirklich in seine Gedanken eingedrungen. „Ein Bär… wir waren auf der Jagd… hat dich angegriffen!" Ein Bär? Er denkt nach. Er kann sich nicht erinnern. Er sucht sich nach Verletzungen ab. Nichts. Vielleicht Spuren von leichten Kratzern vielleicht… aber sonst… nichts! „Wieso habe ich keine nennenswerte Verletzungen davongetragen?" „Olga und Irina waren mit uns. Sie konnten den Bären gerade noch verjagen. Aber du bist schon auf dem Boden gelegen. Er muss dich mit seinen riesigen Pranken am Kopf getroffen haben. Du warst sieben Tage und Nächte bewusstlos." „Was! Das… das… ist ja…" Er findet keine Worte. Er muss überlegen. Sieben Tage und Nächte!!! „Wer hat mich gepflegt?" „Ich!" Sie sieht ihn stirnrunzelnd an. „Ist sonst noch etwas passiert?" Sie sieht ihn fragend an. „Na ja… du liegst bei mir im Bett?", meint er mit Augenzwinkern. „Das kannst du vergessen! Dein Körper ist immer wieder kalt geworden und da habe ich mich zu dir gelegt. Außerdem wäre es mir auf dem Boden selbst zu kalt geworden. Vergiss es!" „Dann muss ich mich wohl bei dir, Olga und Irina bedanken, nicht wahr?" „Wieso bei Olga und Irina?!", fragt sie zweifelnd. „Sie haben den Bären verjagen, erzählst du mir gerade! Aksinja wird rot. „Ja… sicher…!"

Er sieht sie lange und schweigend an. Er hat so seine Zweifel und eine Menge Fragen zu der Geschichte, die sie ihm allzu hastig aufgetischt hat. Es mag ja sein, dass er krank war. Aber was ist ihm wirklich widerfahren? Er wird die Wahrheit herausfinden. „Ich möchte mich anziehen und ein bisschen hinausgehen. Kann ich?" „Natürlich! Ich hole dir deine Kleidung. Wir haben sie inzwischen gesäubert." Während sie in einer Ecke hantiert, sieht er sich seine Hose, sein Hemd, seine Socken genauer an. Keine Spuren einer Beschädigung. Soll der Bär ihn genau auf den Kopf getroffen haben?! Er tastet seinen Kopf ab. Er rumort noch. Die Geschichte kann stimmen. Aber er glaubt es dennoch nicht so ganz. Misstrauisch zieht er seine Lederjacke an. Er tastet sie ab… das muss ja so sein… sein Satelitentelefon ist weg.

„Wo ist mein Handy?" Sie schnellt herum. „Ich habe es in Sicherheit gebracht. Du bekommst es, wenn du uns verlässt. Er belässt es dabei. Aber nur, weil seine Kopfschmerzen sich verstärken. Die Anstrengung des Aufstehens und des Ankleidens ist ihm nicht gut gekommen. Er schwankt leicht.

Aber Aksinja hat es bemerkt. „Jonas! Vielleicht solltest du dich wieder hinlegen? Bitte! Ich hole Eira. Sie wird dich sehen wollen!" Noch während sie ihn bittet, fällt er schon ächzend auf die Pritsche zurück. Ihm ist schwindelig. „Durst!", krächzt er. Sie beeilt sich, ihm den Becher zu bringen und rennt hinaus. Er braucht Eira! Er setzt sich hoch und trinkt langsam Schluck für Schluck. Es wird wieder einigermaßen besser. Aufseufzend legt er den Kopf auf die Wand zurück. Er schließt die Augen. Schon besser.

Eira eilt mit ihrer Tasche herein. Zufrieden bemerkt sie, dass es ihrem Patienten wesentlich besser geht. Er sitzt angekleidet auf dem Bett. „Wie geht es dir Jonas?" „Matt… schläfrig… Kopfweh… nicht ich selbst…" „Das ist normal bei so langer Bewusstlosigkeit. Wir haben uns schon Sorgen gemacht!" Sie fühlt mit ihrer Hand seine Stirn und macht einige Tests mit seinem Kopf, indem sie ihn leicht und vorsichtig von einer Seite zu anderen dreht. Dann sieht sie ihm intensiv in die Augen. „Schau mich konzentriert an!" Seine Augen können nicht stillhalten. Die Lider klappen zu, aber er reißt sie wieder auf. Sie nickt. „Versuch meinem Finger zu folgen!" Ihr Zeigefinger schwebt von links nach rechts und wieder retour. Kein Problem für seine Pupillen. „Alles klar, Jonas! Ich würde vorschlagen, dass du die dich nächsten Tage schonst! Du musst wieder zu Kräften kommen. Du kannst dich für eine Weile in die Sonne setzen. Es würde dir guttun." Sie sieht ihn lächelnd an und ist erleichtert. Er ist auf dem Weg der Besserung. „Kannst du aufstehen?", fordert sie ihn auf. Er versucht es und geht mit Hilfe von Aksinja und Eira vor die Hütte. Dort lässt er sich auf einen fest geschnürten Ballen aus Stroh und Reisig nieder. Er atmet tief durch.

Eira eilt in ihre Hütte. Die letzten Eintragungen in ihr selbst gestaltetes Buch der Kräuter und ihre Wirksamkeit sind fällig. Abermals nimmt sie sich vor, niemals wieder so einer vermaledeiten Aktion zuzustimmen. Es hätte schlimm ausgehen können. Sie kann nur hoffen, dass Jonas die erfundene Geschichte mit dem Bären geglaubt hat. Sie hat so ihre Zweifel. Jonas ist nicht dumm…

Jonas legt sich wieder auf die Pritsche in die Hütte. Er muss ja sehr krank gewesen sein. Alleine ein Hieb eines Bären haut ihn doch nicht soo um? Oder doch? Er hat ja nicht einmal eine Verletzung am Kopf! Da stimmt doch was nicht! Er muss dem nachgehen.

Aksinja kommt herein. „Hey... Wie geht es dir?" „Müde... Sag mal, weißt du warum ich soo lange bewusstlos war? Ich habe nicht einmal sichtbare Verletzungen." Aksinja stockt. „Du hast hohes Fieber gehabt. Wir hatten Schwierigkeiten, es einzudämmen." Jonas beobachtet die Frau genau. Sie ist blass um die Nase. Aber das kann viel bedeuten... Er belässt es dabei. Er ist müde und schließt die Augen. Er will sich einfach nur kurz ausruhen... und erwacht mitten in der Nacht. Aksinja liegt neben ihm auf der Seite ihm zugewandt. Er sieht sie an. Ihre Wimpern sind schwarz und lang. Ihre blonde Wallemähne ist hinter ihr ausgefächert und hängt über die Bettkante. Sie sieht süß aus, wenn sie schläft. Er greift nach dem Haar. Das Büschel ist weich. Er stellt sich vor, dass er sie beim Sex die Mähne um seine Hand wickeln will. Er lächelt. Sie murmelt im

Schlaf. Er versteht es nicht und beobachtet sie weiter.

Unruhig, wie er ist, will er aufstehen. Er könnte sein Satelitentelefon suchen und es auf eingegangene Nachrichten überprüfen. Langsam und unbemerkt steht er auf und sucht den einzigen Raum in dieser Hütte systematisch ab. Wo kann sie es versteckt haben? Er sucht all ihre Kleidung ab, den Kamin und die Fensterläden... nichts. Er lässt seine Augen umherschweifen, bis er auf dem Teppich hängenbleibt. Er hebt ihn in die Höhe und tatsächlich findet er ein kleines Versteck. In den Boden wurde eine Vertiefung, in der Größe einer kleinen hölzernen Kiste, ausgehoben. Er hebt den Deckel an und nimmt sein Telefon heraus. Leise schleicht er sich hinaus und geht hinter die Hütte, um nur nicht gleich entdeckt zu werden. Das ganze Dorf schläft...

Er schaltet ein. Das grelle Licht des Displays zuckt durch seinen Kopf und er versteckt es unter seinem Shirt, um seine Augen nicht zu blenden. Nach einer Weile zieht er es wieder hervor. Eingegangene Nachrichten blinken auf.

Er öffnet sie, denn sie sind von seinem Anwalt. Er wird über einen Einspruch bei Gericht informiert. Es kann eine Weile dauern. Er soll noch ausharren, wo auch immer er ist. Vielleicht könnte er ein kleines Lebenszeichen geben? Die Nachrichten sprechen davon, dass er verschollen ist. Jonas überlegt, ob es klug ist. Dann schreibt er nur ‚ich lebe noch‘ und schaltet das Telefon endgültig wieder aus. Nun wird er es wieder dort hinlegen, wo er es gefunden hat, damit er es jederzeit wieder finden kann. Vorsichtig verstaut er es wieder in die Kiste und drapiert den Teppich darüber. Zufrieden mit sich selbst, geht er wieder vor die Hütte. Die Nacht ist sternenklar und sehr kalt. Das Telefon hat seinen Tatendrang geweckt. Er will sich nicht mehr hinlegen. Gleich Morgen wird er mit seinem Training beginnen. Seine Muskeln sind schwach und das muss er wieder ändern.

Begegnungen der Natur

Aksinja erwacht alleine in ihrem Bett. Genüsslich streckt sie sich aus. Sie hat lange nicht mehr so gut geschlafen. Dann fällt ihr Jonas ein. Wo ist er? Sie sieht um sich. In der Hütte ist er nicht. Sie steht auf, packt ihre warme Jacke und geht vor die Tür. Die Gefährtinnen sind schon fleißig bei ihrer Arbeit. Aber wo ist Jonas abgeblieben?

„Guten Morgen Eira! Wo ist Jonas?" „Aksinja! Guten Morgen! Jonas? Er ist seit über einer Stunde mit Olga laufen. Er will sich offensichtlich wieder fit machen." Aksinja nickt. Sie versteht seinen Bewegungsdrang. Lange genug ist er auf dem Bett gelegen. Was soll sie jetzt machen? Sie geht wieder in ihre Hütte. Sie müsste eigentlich sauber machen. Sie steht herum und ihr Blick wendet sich zum Teppich. Sie sollte ihn einmal kräftig ausschütteln. Er ist bestimmt schon sehr staubig! Sie denkt an das Telefon und will sich vergewissern, ob es noch an Ort und Stelle ist. Ja, es ist noch da. Vielleicht hat er es schon gesucht? Sie muss aufpassen.

Ein eingeschaltetes Telefon könnte ihr Dorf auffliegen lassen und das muss sie verhindern! Kurz entschlossen rollt sie den Teppich ganz zusammen und geht hinter ihre Hütte. Mit kräftigen Schlägen bearbeitet sie diesen und hustet einmal kurz. Der viele Staub ist ihr um die Nase geflogen. Wenn sie schon auf ihn warten muss, kann sie auch gleich ihre Hütte gründlich durchlüften. Sie öffnet ihre Tür und zieht die Felle von den Fensteröffnungen und lässt es einmal ordentlich durchlüften. Sie schüttelt alle Decken, Polster und Felle aus und kehrt den Boden. Mit sich zufrieden, geht sie hinaus und setzt sich auf dem Boden, wo sie eine Matte liegen hat. Die Sonne scheint ihr ins Gesicht. Wohlig schließt sie die Augen…

„Aksinja! Schön dich so friedlich zu sehen!" Sie schreckt auf. „Hi…", japst sie erschrocken. Jonas steht sehr verschwitzt über ihr. Der Geruch von Schweiß des Mannes macht sie ganz irre. Er beugt sich zu ihr hinunter. Nervös starrt sie ihn an. „Wo warst du?" Obwohl sie es ganz genau weiß. „Ich war mit Olga laufen. Vielleicht können wir es auch einmal machen?", fragt er sie. „Olga sprach von einem Flusslauf, den ihr immer zur Körperpflege verwendet. Willst du ihn mir zeigen? Ich fühle mich verdreckt. Ich bin sicher, dass mein Körper, seit meiner Begegnung mit dem Bären, noch kein Wasser gesehen hat. Ich muffle. Willst du riechen?" Sie zuckt angeekelt zurück, als er doch tatsächlich seinen Arm anhebt. Er lacht. „Komm, zeig es mir!" „Jetzt?" „Ja." Er zieht sie in die Höhe und lässt keine Ausflüchte mehr zu. Er hätte Olga fragen können, aber diese Frau ist zu aufdringlich. Immer wieder hat sie ihm Avancen gemacht. Er war froh, als sie beide das Dorf wieder erreicht hatten.

Aksinja gibt Eira Bescheid, dass sie zum Fluss hinunter gehen wollen. Sie nimmt einige Wäschestücke aus ihrer Hütte und sie drückt den muffelig riechenden, dicken Ballen Jonas in die Arme. Für sich selbst nimmt sie Pfeile und den Bogen mit. Dann macht sie sich, mit Jonas im Schlepptau, auf den Weg. „Wie findet ihr den Weg?", fragt er, sich orientierungslos umschauend „Wir haben Markierungen angebracht, die all meine Gefährtinnen erkennen können. Sieh mal hier!" Sie zeigt auf eine deutlich sichtbar geritzte Markierung im Stamm eines

Nadelbaumes. Er nickt. Sie zeigt ihm aufeinandergelegte Steine, die nur unter Anstrengung auseinandergebrochen werden können. Auch mit Lianen zusammengebundene Äste dienen als Wegweiser. Er ist beeindruckt.

Sie gehen eine Weile schweigend nebeneinander. Jonas' Blick ist auf den Weg konzentriert. Er will sich auch alleine zurechtfinden. Er fühlt sich zu abhängig. Als Mann, der in seiner Welt ein eigenes Imperium aufgebaut hat, fühlt er sich hier hilflos wie ein Baby! Irgendwann muss er den Weg in die eigene Welt wieder zurückfinden. Er hofft, dass dieser Pfad ebenso markiert wurde. Sonst sieht er schwarz. „Habt ihr alle Pfade markiert? Oder wie findet ihr euch zurecht?" „Na ja, anfangs haben wir immer wieder Wegweiser gelegt. Jetzt sind wir kundiger. Wir können den Wald besser lesen. Wenn wir weggehen merken wir uns bestimmte Dinge, wie abgebrochene Äste, kahle Stellen auf Bäumen, oder am Boden von Tieren aufgescharrte Löcher und so weiter… sieh mal hier zum Beispiel: Hier ist eine aufgescharrte Stelle. Der Boden ist fühlbar weich. Es gibt sogar noch Spuren von einem Tier. Das merkst du dir. Wenn du hier vorbeikommst, weißt du, dass du hier richtig bist und hier entlang weitergehen musst." Er nickt.

Eine Spur im Boden sieht aus, als wäre hier ein großes Tier gewesen. „Welches Tier war das?" Er zeigt auf den Abdruck im Boden. „Ach das… es war ein Wolf!" „Macht dir das keine Sorgen?" Sie sieht ihn an. „Nein! Wölfe jagen im Rudel und wir hätten sie schon gehört. Sie heulen kurz vorher." Er ist beeindruckt, wie angepasst die Frauen hier in der Wildnis leben. „Wie lange seid ihr schon hier?" „Sieben Jahre!" „Wie lange wollt ihr hier bleiben?" „So lange es notwendig ist!", meint sie kurz angebunden. Er schweigt. „Sehnt ihr euch nicht nach der Welt, wo ihr aufgewachsen seid?" „Es sind alle freiwillig hier und es kann jeder wieder gehen!" Er merkt, dass dieses Thema für sie kein einfaches ist.

„Was ist mit dir? Willst du ewig hier bleiben?" Seufzend bleibt sie stehen und sieht zu ihm hoch. Der Mann ist zu neugierig. „Nein. Irgendwann will ich hier wieder hinaus. Die Zeit wird kommen…" Mehr sagt sie nicht mehr

dazu. „Wie lange willst du hier bleiben?",
fragt sie ihn im Gegenzug. „Wie lange
darf ich bleiben?" „Hier ist jeder
willkommen, wenn er sich einbringen
will. Wenn du länger zu bleiben gedenkst,
müssen wir eine Hütte für dich bauen. Du
kannst nicht ständig bei mir schlafen."
„Wieso nicht?" „Weil es meine Hütte ist
und wir uns nur im Weg stehen würden."
Jeder im Dorf hat eine eigene Hütte!"
„Wo schlafe ich inzwischen? „Wir haben
eine Hütte, wo wir unseren Körper
trainieren können. Dort kannst du ab
heute wohnen." „Ihr habt einen
Trainingsraum?" „Ja. Für unsere
Verhältnisse ist er sehr modern. Ich zeige
es dir heute noch!" Sie gehen weiter. In
Abständen bemerkt er Wegweiser, die
nicht natürlich vorkommen. Dennoch
versucht er sich auf natürliche Wegweiser
zu konzentrieren.

Nach einem endlos scheinenden Marsch
hört er das Wasser rauschen. „Wir sind
da! Sieh nur, hier waschen wir uns in
Abständen von zwei bis drei Tagen. Aber
es ist ein Gesetz, dass eine Gefährtin
immer nur entweder mit mir, Olga oder
Irina in den Wald gehen darf. Wir sind
ausgebildete Jägerinnen. Wir können uns

im Notfall vor wilden Tieren wehren.“
„Wie heißt der Fluss... weißt du seinen
Namen?“ „Es ist der Schtschugor.
Allerdings haben wir uns ein kleines
Bachbett aus dem Fluss weggegraben,
damit wir geschützter sind und nicht von
Stromschnellen weggerissen werden.
Jonas sieht sich bewundernd um. Die
Frauen haben einen kleinen Zulauf, ein
kleines Becken und einen Ablauf
gegraben. Das muss Arbeit von Wochen
gewesen sein! Sogar kleine Steigungen
haben sie mit Steinen ausgelegt, um
frischen Zu-, beziehungsweise Ablauf zu
gewährleisten. Er ist beeindruckt, wie
sauber das Wasser ist. „Du kannst hier im
Becken baden. Leider ist es eiskalt.“,
meint sie überflüssigerweise. Sie wirft
ihm ein kleines Handtuch hin und rollt
ihren Schmutzwäscheballen auseinander.
Inzwischen zieht er sich aus und watet
schnell hinein. Das Becken ist nur
knietief. Aber was soll’s? Er legt sich
schnell der Länge nach hin. Prustend
schnellt er gleich wieder in die Höhe. Er
wiederholt es noch zweimal, dann hat er
genug. Zitternd springt er hinaus und
trocknet sich in Windeseile ab. Schnell
schlüpft er in seine Sachen und macht

gezielte Aufwärmübungen. Aksinja hat ihm amüsiert zugesehen. Als er aber nackt aus dem Wasser gesprungen ist, ist ihr die Luft weggeblieben. Sie hat ihn schon nackt gesehen. Sie erinnert sich an die vermaledeite Nacht, als alle über ihn hergefallen sind. Einzig sie hat es sich verkniffen. Sie hätte große Lust gehabt. Aber sie will keinen Mann, wenn er nicht bei Sinnen ist! Später als er im Koma gelegen ist, als sie ihn gepflegt hat, ist ihre Versuchung um noch einiges mehr angestiegen. Aber ein nackter bewegter Mann ist allemal ein anderer Anblick! Sie blickt ihm nach und beobachtet ihn ungeniert. Sein Schnauben, weil ihm wahnsinnig kalt sein muss, lässt sie auflachen.

Irgendwann hören seine Liegestütze, Hampelmänner und Standläufe auf. Er sieht sie auffordernd und grinsend an. „Jetzt bist du dran und ich schaue dir zu!" Sie wird rot bis an die Haarwurzeln. Das fehlte ihr noch! Aber sie hat die Chance, unbemerkt zu baden, vertan. Also gibt sie sich einen Ruck und fängt an, ihre Kleidung Stück für Stück abzulegen. Sie starrt ihn an und legt ein weiteres Stück ab. Sein Blick wird immer dunkler. Als sie nackt vor ihm steht, watet sie schnell in das eiskalte Wasser und taucht einmal kurz ein, darauf bedacht ihre Haare trocken zu halten. Dann kommt sie prustend in die Höhe und springt mit gefrorenen Gliedmaßen wieder ans Ufer. Jonas steht schon bereit. Er schlingt sein feuchtes Handtuch um sie und rubbelt sie trocken. Dann hilft er ihr, sich schnell wieder anzuziehen. Dabei zittert sie dermaßen, dass sie freiwillig wieder in seine Arme flüchtet. Sie drückt sich fest an seinen erwärmten Körper und bleibt noch länger, als ihr schon kuschelig warm geworden ist. Sie fühlen sich wohl. Keiner will sich trennen. Er legt seinen Kopf auf ihren und sie lauscht seinem ruhigen Herzschlag. Seine großen Hände streifen immer wieder über ihren Rücken. „Ist dir schon warm?“, fragt er sie besorgt. „Ja.“ Dabei hebt sie ihren Kopf und lächelt. Er sieht ihr in die Augen und kann nicht anders, als sie zu küssen. Zärtlich streifen seine warmen Lippen über ihre bebenden und sie seufzt auf. Immer wieder leckt er ein kurzes Mal über ihre Lippen und streichelt sie weiter mit seinem Mund. Sie schlingt die Arme um ihn und gibt sich ihm hin…

Ein deutliches Knacksen lässt sie zusammen zucken. Sie löst sich hektisch von ihm und greift nach dem Bogen. Geschwind spannt sie einen Pfeil ein und wartet ruhig ab. Jonas hat es zuerst nicht verstanden, dass sie sich so abrupt von ihm getrennt hat. Alles ist so schnell gegangen. „Geh in Deckung Jonas! Hinter mich! Schnell!" Er hat zufällig seinen Revolver mitgenommen. Zum Glück! Er tritt zur Seite, um ihr nicht im Weg zu stehen. Er vertraut ihr. Aber er will auf Nummer sicher gehen und hält seinen Revolver schussbereit vor sich. Sie stehen gebannt, in den Wald schauend, bereit. Ein dicker großer Braunbär trottet leise grollend aus dem Gebüsch. Jonas versucht keinen Ton von sich zu geben. Ein Bär hat ihn bereits für sieben Tage außer Gefecht gesetzt!

Der Bär trottet gemütlich des Wegs einher. Sein Kopf wackelt ständig hin und her. Er scheint die Menschen nicht wahrzunehmen, oder fühlt sich durch sie nicht bedroht. Er watschelt auf das Becken zu. Aksinja und Jonas treten langsam und vorsichtig zur Seite, immer ihre Waffen im Anschlag. Sollte der Bär sie angreifen, würden sie beide abdrücken. Aber der Bär geht direkt ins Wasser und lässt sich auf sein breites Hinterteil hineinplumpsen. Dann schlürft er etwas von dem kühlen Nass und fährt mit seinen Vorderpfoten über seine Ohren, als würde er sich waschen wollen. Brummend steht er auf und sieht sich gemächlich um. Es scheint, dass ihm, die zur Säule erstarrten Menschen, nicht zu stören scheinen. Er sieht zwar kurz zu ihnen, aber er wird von etwas im Wasser abgelenkt. Er guckt kurz starr hinein und springt doch tatsächlich mit dem Kopf voran unter die Oberfläche. Mit einem zappelnden Fisch im Maul, kommt damit ans Ufer und verschlingt genüsslich, in äußerst kurzer Zeit seine Beute. Dann trottet das große Tier wieder davon, hinein durch den dicht bewachsenen dunklen Wald.

Aksinja und Jonas atmen erleichtert auf. Es hättc anders kommen können! Aksinja macht sich keine weiteren Gedanken und nimmt ihre Schmutzwäsche auf und beginnt diese im Ablauf zu schwemmen. Jonas selbst ist noch ganz durchdrungen von dem außergewöhnlichen Erlebnis. Er wird dies nie vergessen. „Ich bin fertig. Wir können wieder zurück gehen."

Aksinja hat wieder einen Ballen geschnürt und es Jonas übergeben. Der Ballen ist jetzt um einiges schwerer als vorhin. Vorsorglich hat sie ihn mit einer wasserundurchlässigen Plane umwickelt.

„Das… war… gefährlich!" Jonas ist innerlich wie erstarrt. Aksinja zuckt die Achseln. „Man lernt damit umzugehen! Ein Bär, ein Wolf… was soll's! Entweder ich, oder das Tier… der Stärkere gewinnt!", sagt die Frau, die schon einem Tiger gegenüber gestanden hat. Er schnaubt. Er will sicher sein, dass er der Stärkere ist. Aber Begegnungen dieser Art, wie vorhin, sieht er sich lieber im Fernsehen an.

Das Leben geht weiter

Aksinja und Jonas kommen ohne weitere Zwischenfälle ins Dorf zurück. Er reicht ihr den schweren Ballen, den sie auf einen Stein neben sich hievt und er hilft ihr die nasse Wäsche aufzuhängen. „Wie lange wird es dauern, bis es trocken ist?" Es kann Tage dauern, ist er sich sicher. Sie zuckt die Achseln. „Zwei Tage, drei Tage? Je nachdem…" Sie sehen sich lange an. Der kurze Kuss ist noch nicht vergessen… Er hebt langsam die Hand. Ihr tief in die Augen schauend… „Aksinja! Da seid ihr ja! Ich…" Eira sieht die beiden abwechselnd und wissend an. Frustriert hat Jonas seine Hand fallen lassen. Aksinja seufzt abgrundtief und wendet sich der Heilerin des Dorfes zu. Eira hat schon lange gespürt, dass zwischen den Beiden die Funken sprühen und räuspert sich. „Ich... ich wollte dir nur sagen, dass Florence und Cara das Notfallbett in den Trainingsraum gestellt haben." Aksinja nickt. „Danke, Eira!" Zu Jonas gewandt meint sie: „Komm, ich zeige dir deine

Hütte!" Zu dritt betreten sie den großen Raum.

Jonas sieht sich um. Auf dem ersten Blick sieht es nur wie ein unordentlicher Abstellraum aus. Einige wuchtige Holzstämme, teils mit Seilen, Harken, oder sonstigen Teilen, liegen, oder hängen hier herum. Er schüttelt den Kopf. Von einem Trainingsraum hat er andere Vorstellungen! Er dreht sich nach den Frauen um und zieht die Augenbrauen fragend hoch. „Na ja, es sieht nicht nach einem Fitnessraum wie in Amerika aus!", verteidigt Aksinja die Inneneinrichtung. „Aber du darfst ihn jederzeit nach deinen Vorstellungen ändern!", fügt sie hinzu, als sie seinen verächtlichen Blick spürt. Er nickt. Es wird das erste sein, das er in Angriff nehmen wird. Er weiß ja nicht, wie lange er hier bleiben muss und er will nicht von seiner Muskelkraft verlieren, nur weil hier diese Verwahrlosung vorherrscht! Shit. Er sieht nach dem Bett. Seufzend gesteht er sich ein, dass er sich sein Bett auch so bald wie möglich selber tischlern muss. Es ist wirklich nur ein Notbett! Er selbst ist größer, als die Liege zu sein scheint. „Na ja, wir lassen dich jetzt alleine! Wenn du Hilfe brauchst, ruf uns nur. Wir helfen dir gerne!", meint Aksinja und lässt ihn hastig alleine. Hat sie ihn gerade knurren gehört?!

Jonas steht vor einer schier unmöglichen Ausgangslage. Gibt es hier Werkzeuge? Welches? Zuerst setzt er sich einmal auf sein Notbett und betrachtet angeekelt seinen Raum. Hier kann man nicht wohnen. Er seufzt laut auf. Seine Hände reiben frustriert über sein Gesicht. Er ist ein Macher, spricht er sich selbst Mut zu. Er ist nicht umsonst der CEO seiner Firma! Er kann das! Nur wie?! Er denkt nach. Er will sich nach geeignetem Holz für sein Bett umsehen. Vielleicht soll er die hier im Raum verteilten Stämme dafür nutzen? Sie sehen getrocknet und brauchbar aus… Er steht auf und sammelt einige klobige Teile ein. Es könnte funktionieren…

Entschlossen geht er hinaus und trifft als erstes auf Irina. „Hey Irina! Kannst du mich in den Wald begleiten? Ich brauche Material für starke Seile!" Irina sieht ihn lächelnd an. Es schmeichelt ihr, dass er sie gefragt hat. „Klar! Komm mit!" Sie nimmt ihre Waffen auf und sieht ihn entzückt an. Er verdreht genervt die

Augen. „Hast du ein Messer für mich?"
„Sie nimmt ihn mit in ihre Hütte und zeigt
ihm ihre Sammlung, die sehr beachtlich
ist. Hier gibt es Jagdmesser,
Küchenmesser, kleine Messer... sogar
ein Schweizer Messer hängt vor ihm an
der Wand. „Such dir eins aus!" Er
entscheidet sich für das lange
Jagdmesser. Kurz fühlt er die Klinge. Es
ist sehr scharf. Zufrieden nickt er ihr zu
und sie verlassen mit schnellen Schritten
das Dorf.

Er ritzt an einer Gabelung ein Kreuz in
einen Stamm. „Was machst du da?" „Ich
markiere den Weg. Im Notfall will ich
selbst zurückfinden!", meint er. Sie nickt.
„Du musst dir natürliche Dinge
einbläuen! Du kannst nicht den ganzen
Wald einritzen! Sonst kennst du dich
selbst nicht mehr aus! Hier sieh mal." Sie
zeigt auf einen geknickten Ast. „Ein Bär
hat sich hier an dem Baumstamm gekratzt
und der Ast hier ist dabei abgebrochen!"
„Woher weißt du das, dass es ein Bär
war?", fragt er sie interessiert. „Hier
siehst du? Ein großer Abdruck einer
Tatze. Warte mal, hier muss auch ein
zweiter sein!" Sie rückt etwas Nadeln und
Moos zur Seite. Zufrieden nickt sie. „Hier

der zweite Abdruck! …und hier ist ein winziges kleines dunkelbraunes Fellbüschel … und hier ein weiteres!" Tatsächlich… jetzt bemerkt er es auch! Er muss nur aufmerksamer hinsehen! „Du lernst es auch noch!" Irina will ihn trösten. Aber er sieht noch genauer hin. „Was sind das für kleine Tatzen? Sie sind unregelmäßig… nicht so tief, wie die große Tatze. Sie schaut aufmerksamer hin und geht weiter. Ihr Blick ist fokussiert. „Ich weiß nicht so genau. Es scheint als ob eine Bärenmutter mit mindestens zwei Babys unterwegs wäre. Wir müssen auf der Hut sein. Die Spuren sind noch nicht alt." Besorgt sieht sie sich um und geht langsam, aber aufmerksam weiter.

Er macht sich Sorgen. Sollten hier mehr Bären sein, als er geglaubt hat? Wieviel Glück nach dem heutigen am Bach darf er noch erwarten? „Sollten wir nicht in eine andere Richtung gehen?" Er will der beschützenden Bärin nicht begegnen. „Nein wir verfolgen sie und schneiden unterwegs geeignete Lianen für dich ab. Wenn sie vor uns ist, wird sie uns nicht so schnell wittern, als wenn wir ihr entgegenkommen sollten!" Er nickt. Sie ist der Boss! Sie haben Glück und kommen ohne weitere Zwischenfälle wieder ins Dorf zurück. Mit seiner Beute verdrückt er sich wieder in seiner Hütte. Er breitet die kräftigen langen Lianen vor sich aus und fängt an, sie zu flechten.

Er spürt sie, sieht aber nicht zu ihr hin. Unbeirrt flechtet er weiter. Seine Hände sind mittlerweile blutig. Die Fasern der Lianen sind scharf und schneiden tief in seine Haut ein. Er arbeitet hart. Mit einem Bein auf einem starken Holzstamm aufgestützt zieht er die Flechten enger zusammen. „Kann ich dir helfen?" Er sieht ihre Füße nahe bei ihm stehen. Ihr blumiger Duft umweht seine Nase. Jetzt sieht er zum ersten Mal zu ihr hin. Sie ist schön. Sie ist stark. Er fühlt sich permanent zu ihr hingezogen. Entschlossen, ihr zu widerstehen, zieht er wieder an. „Du blutest.", spricht sie das offensichtliche aus. Er antwortet nicht. Mit zusammengekniffenen Mund legt er sein fertiges Seil zur Seite und nimmt sich das Material für das Nächste zur Hand. „Lass mich mal sehen!" Sie greift nach seinen blutigen Fingern. „Ich gebe Eira Bescheid!"

Er sieht sie das erste Mal an und verhakt sich in ihrem grünen Blick. Er will sie. Jetzt. Er zaudert und wartet ab. Seine Hände arbeiten. Sein Hirn will nur das eine… sie zu küssen… zu lecken… sich in sie zu stoßen. Er hält sich zurück. Noch… Aksinja starrt ihn an. Sie will ihn ebenso. Es tut schon weh, ihn nur zu begehren und nicht haben zu können. Alle haben ihn gehabt. Sie nicht. Wie es mit ihm ist? Sie kann nicht anders und legt eine ihrer zierlichen Hände auf seine und streichelt seinen Handrücken. Seine Geschäftigkeit stockt. Ihre andere Hand umschließt ohne ihr Wissen seinen Nacken und übt leichten Druck aus. Sein Mund kommt näher… immer näher. Ihre Lippen spalten sich. Ihre Zunge leckt begehrlich über ihre trockene Haut. Er sieht ihr zu. Seine Augen sind auf ihre winzige Zungenspitze fokussiert. Er kommt näher und legt seinen Mund auf ihren. Leicht… genießerisch streift er hin und her… dann drückt er sich fester auf sie. Seine Hände umfassen ihren Kopf und wühlen sich unter ihre blonden Locken. Mit einer zärtlichen Wildheit stoßen ihre Münder aufeinander. Leises Seufzen… verhaltenes Knurren. Die Zeit scheint still zu stehen… Vergessen ist das Blut, das sich in ihre Locken verschmiert. Seine Hände wühlen zärtlich bis auf ihre Kopfhaut und massieren sie leicht. Aksinja seufzt entzückt und drückt sich noch mehr gegen ihn. Die Küsse werden gieriger. Aksinjas Hände wandern seinen Körper entlang. Seine breiten Schultern, sein muskulöser Rücken, seine Wölbungen auf der Brust lassen sie entzückt nach mehr fordern. „Nimm mich!", flüstert sie in seinen Atem hinein. Seine Finger krallen sich kräftig in ihre Pobacken und heben sie mit einem Ruck zu sich hinauf. Automatisch schlingt sie ihre kräftigen Beine um seine Hüfte und spürt überdeutlich seine Erektion. Gierig wippt sie dagegen… immer wieder. Ihre Scheu ist verflogen.

Eilig wird sie zu dem Notfalls Bett getragen. Ungeduldig fängt er an, die störenden Stoffschichten abzustreifen und sieht sie feierlich an. Er nimmt ihre kurvige Figur mit Wohlgefallen in Augenschein und greift nach ihren Brüsten. Gekonnt zwirbelt er die Warzen, bis sie glühend rot leuchten. Er küsst sie und beißt leicht zu. Ihre wimmernden Geräusche spornen ihn zu immer mehr an und sein Mund küsst sich ihren Körper hinab zu ihrem Venushügel. Sie ist unrasiert, was ihn unheimlich scharf macht. Er ist rasierte Pussys gewohnt. Diese Pussy vor ihm ist sexy. Aksinja bäumt sich ihm entgegen. Zu lange ist es her, dass sie von einem Mann verwöhnt worden ist. Eigentlich ist es noch nie geschehen! Sie hat noch nie jemand dort geleckt! Sie guckt an sich hinunter und sieht seinen dunklen Haarschopf auf und ab wippen. Was er hier mit ihr anstellt ist mit nichts vergleichbar! Seine Zunge scheint überall zu sein. Sie kann es nicht mehr aushalten! Sie zerrt an seinen Haaren und im gleichen Moment drückt sie ihn doch wieder an sich. „Aahh… hör nicht auf!", jammert sie.

Jonas denkt auch nicht daran. Sie schmeckt ihm so gut. Mit seinen langen Fingern zerrt er die zarten Falten auseinander und leckt sich durch die nassen Schamlippen hindurch, saugt an ihr und neckt das empfindliche Nervenbündel. Er entlockt ihr unendlich viele Seufzer und penetriert sie mit, zuerst einem Finger und nimmt den zweiten gleich dazu. Sie ist eng… sehr eng. Sie drückt sich um seine beiden

Finger zusammen und will ihn scheinbar noch weiter in sich hineinziehen. Er leckt sie weiter und saugt den honigsüßen Schwall, der ständig aus ihr hervorquillt, auf. Seine Bewegungen werden schneller. Er will sie unbedingt so zum Höhepunkt kommen lassen. Er will sehen, wie sie dabei aussieht. Es dauert auch nicht mehr lange. Beinahe schmerzhaft zerrt sie an seinen Strähnen. Er beißt leicht in ihren Kitzler und die Wellen des Glücks strömen auf sie ein. Ihr Mund steht weit offen, als würde sie einen Schrei ausstoßen wollen. Aber es kommt nichts. Ihre Stimme ist wie gelähmt. Ihre Augen sind weit aufgerissen und starren ihn an. Keuchend durchlebt sie ihren ersten Orgasmus seit einer langen Zeit und ein Einfaches, verwundertes „WOW!" entfleucht ihrem Mund. Er schiebt sich zu ihr hinauf und legt sich mit seinem ganzen Gewicht auf sie. Er denkt gar nicht daran, auf sie Rücksicht zu nehmen und sie beschwert sich auch gar nicht. Begehrlich und wild drückt er seinen Schwanz auf ihre Scham.

„Nimm mich!", wimmert sie verzweifelt. Es dauert ihr zu lange, obwohl der Orgasmus noch nicht einmal abgeflaut ist. Er sieht sie ernst an, als würde er abwägen wollen, ob sie es auch wirklich wollen würde. Schließlich hebt er sein Becken an und drückt seine Eichel gegen ihr Geschlecht. Langsam… ganz langsam schiebt er sich nach vorne. Ächzend, ob der Enge, verharrt er kurz. Dann stößt er grob zu. Ein kleiner gequälter Aufschrei verrät ihm, dass sie sich erst an ihn gewöhnen muss. Das kleine Bisschen schlechte Gewissen verflüchtigt sich, als er schließlich die Nässe spürt, die sein Glied wie heiße Lava umschließt. Er fängt an, sich in ihr zu bewegen… immer schneller… immer konzentrierter. Er muss sich bewegen. Es ist ein uralter Instinkt, der ihn anleitet. Seine Arme zittern, weil er sich jetzt mit seinem ganzen Gewicht abstützt. Sein Atem vermischt sich keuchend mit ihrem. Jonas' Mund stürzt auf ihren hernieder. Seine Zunge begehrt Einlass. Gierig umschlingen sie sich und Aksinja fängt an, ihr Becken gegen seines zu stoßen. Ihre Beine sind längst um seine Hüften gekrallt, als wolle sie auf keinen Fall, dass er wieder weggeht. Seine Stöße werden schneller, gröber. „Sooo guuut!", jault er. „Jaa…!" Jonas fühlt seine Nerven vibrieren. Er kann nicht mehr lange durchhalten und gibt Gas. „Jonas, ich kommeee…!" und ihre inneren Muskeln pressen brutal sein hart arbeitendes Glied. Immer wieder… immer fester! Dann lässt er los. Zitternd und schwitzend pumpt er sein Sperma in ihre krampfende Pussy und legt erschöpft seinen Kopf in ihre Halsbeuge. Ihre Hand hält ihn dort fest. Auch sie braucht eine Verschnaufpause. Der erschlaffte Penis ruht in ihr und ihre Beine umschlingen schlaff seine Hüfte.

Irgendwann löst er sich von ihr und küsst sie abschließend zärtlich auf den Mund. „Danke! Das war… einfach…" Er findet keine Worte dafür und steht vorsichtig auf, nachdem er ihre Beine von sich gelöst hat. Er sieht ihr lächelnd zu, wie sie sich träge lächelnd ausstreckt und sie erinnert ihn an ein Kätzchen, das gerade Milch geschleckt hat. Er zieht sich wieder an. Wasser zum Waschen hat er keines hier. Leider! Auch Aksinja muss sich so anziehen. Er nimmt sich vor, dass er sich ein „Badezimmer" einrichten wird. Er weiß nur noch nicht wie er es bewerkstelligen soll. Aber ihm fällt bestimmt etwas Brauchbares ein! „Kann ich dir bei den Seilen helfen?", fragt sie.

Er nickt. Es gefällt ihm, dass sie es ihm anbietet und sie arbeiten, sich immer wieder bedeutsame Blicke zuwerfend, schweigsam weiter.

Nicht lange und der Geruch von Fleisch weht zu ihnen in die Hütte. „Abendessen!", ruft Aksinja lachend. So gut hat sie sich schon lange nicht mehr gefühlt. „Komm!" Gemeinsam gehen sie hinaus. Der Abend ist eingebrochen. Die Sterne leuchten am Himmel und das Lagerfeuer erhellt den Platz des Dorfes. Ein himmlischer Duft des Fleisches von Kaninchen erfüllt die Luft. Aksinja und Jonas haben großen Hunger.

Flashback

„Hey, da seid ihr ja!" Eira rückt zur Seite und schiebt ihre nächste Sitznachbarin weiter. „Ich habe Jonas bei den Seilen geholfen!", meint Aksinja die gemeinsame Ankunft mit Jonas erklären zu müssen. Ihr Gesicht ist etwas erhitzt, ihre Augen leuchten und ihre Locken sind zerzaust. Eira lächelt ihr wohlwollend zu. Leicht beugt sie sich zu ihrer Freundin und flüstert ihr ins Ohr. „War es gut?" Noch röter kann Aksinja nicht mehr werden.

Jonas greift zufrieden nach der gebratenen Keule eines Wildtieres, das Olga und Irina heute Nachmittag erlegt haben. Es schmeckt wunderbar. Keine Gewürze verdecken den urtümlichen Fleischgeschmack. Er sieht nach Olga. „Was ist das?" Er hebt die fast abgenagten Knochen hoch. Sie sieht ihn grinsend an. „Das war ein Elch. Wir hatten Glück, dass uns heute einer über den Weg gelaufen ist!" Mit kauendem Mundbewegungen nickt er zustimmend. Zufrieden wischt er sich mit dem Ärmel seines Hemdes seinen fettigen Mund ab. Dann nimmt er einen Schluck aus dem Getränkebeutel, der herumgereicht wird.

„Ich denke, ich muss heute noch einmal bei dir schlafen. Das Bett bei mir ist zu kurz!", meint er zu Aksinja. Das Gelächter und die lautstarke Unterhaltung rund um ihn verstummen. Die vielen Blicke, die jetzt voll und ganz auf ihn fokussiert sind, lassen ihn unbehaglich fühlen. „Was!", bellt er. „Aksinja bekommt einen Mann ab. Wir wollen auch einmal!", meint Olga vorlaut und leckt provozierend ihre Lippen. Aksinja hält sich heraus. Sie will nicht Partei ergreifen. Es sind ihre Freundinnen und sie will sich wegen eines Mannes nicht mit ihnen streiten. Sie wartet gespannt ab, wie es weiter gehen wird. Jonas sieht Olga scharf an. Dann jede einzelne von ihnen. Teils lüsterne Grimassen, teils glänzende Augen irritieren ihn. Er sieht wieder weg. Ihm ist der Appetit vergangen. Aksinja hat Mitleid mit ihm und nimmt ihn an der Hand. „Komm! Es ist spät!" „Ui… ui… ui…!" „Zeig's ihm!" Obszöne Rufe und gestreckte Mittelfinger begleiten den Abgang von Jonas mit Aksinja. „Lasst sie ihn Ruhe!

Ihr hattet schon…!" Eira könnte sich auf die Zunge beißen. Beinahe hätte sie es verraten! Aber Jonas hat es gehört. Nur weiß er nichts, damit anzufangen. Vorerst…

Seufzend macht Aksinja die Tür ihrer Hütte auf. „Du kannst dich auf das Strohlager schlafen legen!", meint sie und geht auf die andere Ecke zu, um ein paar Decken aus einer Truhe hervorzukramen. Er nickt und stiert den Teppich an. Er muss an sein Handy. Vielleicht gibt es Neuigkeiten? In Gedanken abwesend übernimmt er dankend die Polster und Decken von Aksinja entgegen. Er geht auf sein Lager zu und richtet sich ein. „Ich muss noch einmal hinaus gehen! Warte nicht auf mich, Jonas! Es kann eine Weile dauern." Er wundert sich, was sie jetzt noch zu tun hätte und nickt stumm. Bevor die Tür zufällt, springt er geschwind auf und legt das Versteck unter den Teppich frei. Das Telefon ist noch da. Er und schaltet es ein.

Unzählige Nachrichten sind inzwischen eingegangen. Vorsorglich hat er auf ‚stumm' geschaltet. Das ständige Piepsen hätte ihn womöglich verraten. Seine

Anwälte haben gute Nachrichten. Ein Mann hat sich bei der Polizei gestellt und den Mord, der ihm zur Last gelegt wird, gestanden. Jetzt liegt es an der Beweisführung bei der Polizei. Die Anwälte sind zuversichtlich. Jonas ist zufrieden. Nicht mehr lange… Er kann bald nach Hause… Geschwind schreibt er eine kurze Antwort und schaltet wieder aus. Gerade noch rechtzeitig erreicht er sein Strohlager, als die Tür aufgeht.

Florence, die kleine Französin kommt herein. „Hi…" Sie steht verlegen vor ihm. „Hi…" Jonas wartet ab. Sie kommt näher. „Vielleicht kann ich dir die Zeit vertreiben, bis Aksinja kommt?", meint sie schüchtern. Ihre roten Wangen lassen sie entzückend erscheinen. Jonas lächelt. Was will sie von ihm? „Was meinst du?", fragt er vorsichtshalber. Sein Lächeln deutet sie als Einladung und kommt näher und fängt an, die Knöpfe ihrer Bluse zu öffnen. „Was tust du da?" „Du bist ein Mann und ich eine Frau. Ich will dich so dringend!", fleht sie. Ihre Augen starren bittend auf seine. Sie streift ihre Bluse von den Schultern und bietet sich ihm an, indem sie noch näher kommt. Er braucht nur zuzugreifen. Aber er denkt nicht daran. Da könnte doch jede im Dorf zu ihm kommen! Er ist doch kein Sexobjekt, das sich jede x-beliebige sich nehmen kann! „Zieh dich wieder an... bitte!", fügt er noch hinzu und sieht demonstrativ weg. Aber Florence ist entschlossen und nutzt ihre Weiblichkeit, um ihn doch noch umzustimmen.

„Oh mein Gott!" Aksinja hat vor Schreck die Tür von außen wieder zugeknallt. Was ihre Augen gesehen haben, ist für sie ein Schock. Jonas hat die Brüste von Florence in seinen Händen! Dieses Flittchen! Hatte sie nicht in dieser Nacht genug gehabt?! Muss sie sich in IHRER Hütte an ihn heranschmeißen? Aksinja ist im höchsten Maße verärgert. Ärgerlich stampft sie zu Eira und pocht energisch an deren Tür. „Eira!" „Komm herein Aksinja! Ich bin noch wach!" Eine lange Zeit sieht Eira ihrer Freundin zu, wie sie in höchsten Maße erregt auf und ab läuft. „Dieser Schweinehund... dieses Flittchen...!!" Eira runzelt die Stirn. Was ist nur vorgefallen? „Aksinja!" Eiras Neugierde hat gesiegt. „Was ist mit dir los?" Aksinja stockt in ihrer Bewegung. Ihre Arme, die sie ständig hochgeworfen hat, sinken herab. „Jonas und...

Florence!", spuckt sie aus. Eira versteht nicht ganz, zumindest muss sie sich noch vergewissern, ob sie richtig verstanden hat. „Du meinst Jonas und Florence...?" „Sie... sie... sind in MEINER Hütte zugange!", fällt Aksinja ihr ins Wort. Eira ist baff. Das hätte sie von der schüchternen Florence nicht erwartet. Olga... ja, Irina... ja... aber Florence...? Nein!" Erschüttert zieht sie Aksinja zu sich auf die Bank und nimmt sie fürsorglich in den Arm. „Mach dir nichts draus. Er ist ein Mann, der Bedürfnisse hat!" „Es sieht so aus. Erst heute Nachmittag hat er mit mir Sex gehabt!", jammert Aksinja und fängt an zu heulen. Eira kann ihr nur über den Rücken streicheln und abwarten.

„Lass das!" Jonas meint es ernst. Dieses Mädchen ist schamlos! Dies hätte er von der kleinen Französin nie gedacht. Irina... Olga... ja. Diese beiden sind aufdringlich. Aber Florence? Nein, niemals! Wie man sich nur täuschen kann! Er hebt die Hände, um sie abzuwehren. Was er in seine Hände bekommt, sind die nackten Brüste dieser Frau, die sich ihm hier anbietet. Ein Knall schreckt ihn auf. Hat ein Windstoß die

Türe zugeknallt, oder was?! Er sieht wieder zu der Frau vor ihm. sie hat schon die Knöpfe ihrer Jeans geöffnet und ist dabei, sie hinunter zu ziehen. Mein Gott! Was will sie nur von ihm? „Lass das!", wiederholt er. Aber es nutzt nichts. Florence ist wie hypnotisiert von ihm. Seine warmen Hände auf ihren Brüsten hat sie beflügelt. Sie lässt sich auf ihn fallen. Automatisch fängt er sie auf. Seine Arme haben sich spontan um sie gelegt, damit sie nicht auf den Boden knallt. „Hey… was machst du da!" „Nimm mich!", fordert sie. Ist sie verrückt geworden? Das kann sie doch nicht ernst meinen?! Jonas ist hilflos. Eine halbnackte Frau liegt auf ihm drauf. Wie soll das denn bitte aussehen, sollte Aksinja in diesem Moment hereinkommen?

Dass sie schon da war, ist ihm völlig entgangen. Mit letzter Willenskraft befreit er sich von der klammernden Florence, die schon mit ihrer Hand an seinem Penis zu reiben angefangen hat. Wie sie in seine Hose gekommen ist, ist ihm schleierhaft. Entschlossen schiebt er sie mit Gewalt von sich, sodass sie mit einem Plumps auf den nackten Boden fällt. „Aua!" Mit Tränen in den Augen sieht sie ihn an. Er könnte Mitleid mit ihr haben, aber es hält sich wirklich in Grenzen! „Zieh dich an und verschwinde hier!", meint er grob. Mitleidslos sieht er ihr zu, als sie sich hastig anzieht. Sie hätte ihn so gern gehabt! Sie ist so geil auf ihn! Sie erinnert sich an seinen süßen Mund. Wie er ihre Brüste geleckt und an ihren Warzen gesaugt hat. Dann hat er sie gebumst. Es war himmlisch. Weinend entfernt sie sich eiligst aus seiner berauschenden Nähe. Jonas schüttelt nur den Kopf. Dass ihm das einmal passieren muss!

Er legt sich hin. Er wundert sich, dass Aksinja nicht zurück kommt. Es sind schon Stunden vergangen. Er schläft ein. Er träumt von einer Frau, die unter ihm liegt. Er kann ihr Gesicht nicht erkennen. Er bumst sie. Dann ist es plötzlich eine andere. Er kann es an den größeren Brüsten erkennen. Die vorhin waren kleiner. Er knetet sie und ein anderer Frauenkörper schmiegt sich an seinen Rücken. Sie greift nach vorne an seinen schmerzhaft erigierten Schwanz und massiert ihn. Noch ein bisschen… er kann nicht kommen… ein letzter

Versuch… es klappt nicht. Schweißüberströmt wacht er auf… Was war das eben? Hatte er einen Albtraum?! Er hatte Sex mit vielen Frauen! Es war schmerzhaft. Er konnte nicht kommen! Jonas hebt die Decke an, die an seinem Glied, das noch etwas angeschwollen auf seinem Bauch liegt, hängen geblieben ist. Er legt eine Hand an seinen Schaft und reibt. Schneller und schneller penetriert er sein Glied. Er will kommen. Er muss! Immer schneller pumpt er… hinauf und hinunter… bis er endlich einen erlösenden Höhepunkt erreicht. Schnaufend bleibt er liegen. Sein Atem wird allmählich ruhiger. Seine Gedanken kreisen um seinen Albtraum. Wo kommt dieser auf einmal her? Er sieht sich um. Er ist in der Hütte von Aksinja. Er dreht sich nach ihrer Liegestatt um. Sie ist immer noch nicht da. Er entschließt sich, sie zu suchen. Es muss weit nach Mitternacht sein. Vielleicht ist sie bei Eira geblieben? Er muss sich vergewissern, dass ihr nichts passiert ist.

Auf dem Weg über den Platz des Dorfes ist es still. Keine einzige der Gefährtinnen ist hier noch draußen. Alle scheinen zu schlafen. Das Feuer ist schon erkaltet.

Das Fleisch ist weggeräumt. Alles sauber. Er erreicht Eiras Hütte und klopft leise an. „Eira! Ich bin es!", flüstert er, in der Annahme, dass sie ihn an seiner Stimme erkennt. Er wartet. Er glaubt etwas gehört zu haben und bleibt stehen. Die Tür öffnet sich einen Spalt breit und Eiras verschlafenes Gesicht guckt ihn von unten her an. „Was willst du Jonas? Ist etwas passiert?" „Aksinja ist nicht in ihrer Hütte!" „Sie ist bei mir! Jetzt geh und schlafe!", fordert sie ihn leise auf. Jonas ist verwirrt. Warum ist Aksinja nicht zu ihm zurück gekommen? Nach dem Sex mit ihr, hätte er etwas anderes von ihr erwartet. Oder? Er dreht sich ohne ein weiteres Wort um und marschiert wieder über den Dorfplatz. Er lässt sich vor der Hütte nieder und guckt zu den Sternen hinauf.

„Schöne Nacht heute, nicht wahr?" Er zuckt zusammen. Er hat sie nicht kommen gehört. „Hey… hab ich dich erschreckt?" Er antwortet nicht. Der weibliche Körper schmiegt sich an seine Seite, als wäre ihm kalt. Er sieht zur Seite, um zu sehen, wer sich neben ihm niedergelassen hat. In der Dunkelheit versucht er sie zu erkennen. Es ist nicht

Aksinja, sondern Jannika. Es ist ihm unangenehm, dass sie so nahe an ihm klebt. „Mir ist kalt!", sagt sie mit zitternder Stimme. Automatisch legt er ihr den Arm über die Schultern, um ihr Wärme zu spenden. „Das ist gut!", kommt es schnurrend unter ihm. Er reagiert nicht und sieht weiter zu den Sternen. Zu Hause, wo er herkommt, gibt es keinen Sternenhimmel. Der Smog hat seine Stadt unter sich gefangen. Eine Hand stielt sich zu seinem Glied. „Lass das. Ich will nicht!", murrt er. Jannika lässt nicht locker. Seine Potenz macht sie an. Durch ihre Streicheleinheiten füllt sich sein Schaft mit seinem Blut. Er will das nicht, aber sein Schwanz hat eigene Vorstellungen. „Du willst von mir gefickt werden?!" Sie nickt gierig und presst seinen Schwanz in ihrer Hand. Leise stöhnt er auf. „Ja fick mich! Ich liebe deine Stärke Jonas!", schmeichelt sie ihm. Kurz entschlossen nimmt Jonas sie an der Hand und zieht sie hoch. Er führt sie in die Hütte hinein zu seinem Strohlager. „Auf die Knie!" Aufgeregt leckt sie sich über die Lippen und kniet sich vor ihn hin. Sie trägt ein Kleid, das er ihr nur über die Hüfte schieben muss.

Sein Blick fällt auf die behaarte Pussy vor ihm. Mit seiner Handkante zieht er eine Schneise durch die erregten Schamlippen. Jannika seufzt laut auf. „Jaaa... Jonas! Fick mich!" Erregt befreit er sein geschwollenes Glied und legt es an ihrer Nässe. Knurrend fährt er mit einem Stoß hinein. Ihr spitzer Schrei spornt ihn an, sie schneller und intensiver zu penetrieren. Fest krallt er seine Finger in ihre Pobacken und macht es ihr härter. Ihr Schrei wird so manche ihrer Gefährtinnen aufwecken. Aber es ist ihm egal. Einzig sein Orgasmus ist ihm wichtig.

Plötzlich tauchen Bilder von anderen Frauenkörper vor ihm auf. Sie sind nackt. Sie wollen alle was von ihm. Er fickt was das Zeug hält. Irgendwann fällt er zusammen und verspritzt brüllend sein Sperma. Auch Jannika ist soweit. Ihre Kontraktionen halten ihn in ihr fest. Es ist der Wahnsinn. Er hat das Gefühl, als ficke er die ganze Frauenwelt. Seine Bewegungen werden wieder mehr. Dann fängt es an, dass sich alles in seinem Kopf dreht und er kippt zur Seite. Erschrocken fährt Jannika herum. „Jonas?" Sie schüttelt seinen wie leblos daliegenden Körper. „Jonas!" Er rührt sich nicht.

Panisch springt sie auf und läuft hinaus. Sie will Eira holen. Schreiend schlägt sie an ihre Tür. „Jannika! Was ist passiert?" „Jannika! Du weckst das ganze Dorf mit deinem Geschrei auf!" Olga steht stirnrunzelnd hinter ihr. „Jonas! Er rührt sich nicht mehr!" Schnell führt sie alle zu Aksinjas Hütte. Allen voran führt Jannika, Eira, Olga und auch Aksinja in deren Hütte. Besorgt sieht Eira nach dem Mann. Er schwitzt und keucht, als hätte er einen Albtraum. Sein Körper ist ständig in Bewegung. „Was ist passiert?" Olga sieht Jannika streng an. „Wir hatten Sex!" „Oh Gott!", entfährt es Aksinja. „War es wenigstens gut?", kann sich Olga nicht verkneifen. „Olga!", schreit Aksinja dazwischen. Jannika jedoch nickt beschämt.

„Er hat Fieber. Ich denke, der Sex mit dir hat einen Flashback hervorgerufen! Wehe uns, wenn er sich erinnert!" Eira sieht besorgt auf den in Delirium zuckenden Mann. „Bringt kaltes Wasser… sofort!" Olga eilt hinaus. Jannika bringt saubere Tücher. Sie müssen ihn abkühlen. „Ich habe entsprechende Kräuter in meinem Schrank. Ich hole sie." Die Heilerin läuft hinaus. Aksinja steht starr vor dem

Kranken und kann es nicht fassen. Was ist in ihrer Abwesenheit passiert? Zuerst Florence, dann Jannika?! Warum hat sie nicht eingegriffen? Sie ist verletzt gewesen. Es war eindeutig. Die Hände waren auf Florences nackten Brüsten. Was, wenn die anderen auch wieder über ihn herfallen? Ihre Gedanken fahren Amok. Muss sie ihn um seiner selbst nach Hause schicken? Sie glaubt längst nicht an seinen eigenen Willen. Irgendetwas ist mit ihm passiert. Sie muss mit Eira darüber sprechen.

Inzwischen kommt das Wasser und die Kräuter. Eira werkelt geschäftig und bereitet eine Kräutertinktur vor, die sie auf seinem Körper verteilt. Das Fieber muss gesenkt werden. Immer wieder weist sie Jannika an, dass sie seinen Körper mit kalten Wasser durchtränkten Tüchern, abkühlen soll. Aksinja kann dem nicht lange zusehen und schickt Jannika ungehalten weg. Sie übernimmt deren Aufgabe. „Ich gehe dann wieder auf meinen Posten!" Olga entfernt sich lautlos. Sie hat Wachdienst, den sie nicht allzu lange unterbrechen darf. Zu viele hungrige Tiere warten auf eine Schwäche der Menschen, um zuschlagen zu können.

„Ich gehe dann auch, wenn ihr mich nicht mehr braucht!", meint Jannika kleinlaut. Sie fühlt sich schuldig. „Ist gut! Danke Jannika!" Eira lächelt ihr zu. Einzig Aksinja bleibt still. Immer wieder tupft sie den schwitzenden Körper trocken. „Was ist mit Jonas passiert?", fragt Aksinja die Heilerin, als sie endlich alleine sind. „Ich weiß es nicht. Ich kann mir das nur so erklären, dass der Sex mit Jannika und Florence einige Erinnerungen in ihm hervorgerufen haben." „Mein Gott! Das wäre ja schrecklich!" Eira nickt nur dazu. Seufzend streicht sie über seine Stirn und steht schließlich auf. „Wir werden uns wieder abwechseln müssen, bis es Jonas wieder gut geht." „Glaubst du, dass er wieder lange in seinem Delirium bleibt?" Aksinja ist entsetzt. „Nein, das nicht. Aber wir müssen auf ihn aufpassen. Sollte er irgendwann seine Vergangenheit begreifen. läuft er Amok. Dann Gnade uns Gott!" Eira geht hinaus in die dunkle Nacht.

Die Sonne scheint direkt auf Jonas' Gesicht. Er öffnet blinzelnd seine Augen und sieht sich um. Er erinnert sich dunkel, dass er eingeschlafen ist, ohne dass

Aksinja zurück gekommen ist. Er sucht den Raum ab. Sie schläft auf ihrem Bett. Er beobachtet sie. Auf ihrem Rücken liegend, hat sie ihren Handrücken auf ihrer Stirn liegen. Ihr Mund ist offen. Leise Schnarch Geräusche sind zu hören. Süß. Er lächelt. Er versucht sich aufzurichten. Sein Körper ist total verspannt. Warum? Er denkt nach, was er gestern gemacht haben könnte, um derart verspannt aufzuwachen. Er erinnert sich an Florence, die ihn zu Sex animieren wollte. Er hat Sex mit Jannika gehabt. Aber er kann sich an nicht wirklich viel daran erinnern. Dann war alles schwarz. Was ist mit ihm geschehen? Er weiß es nicht. Jetzt ist er verspannt, als hätte er einen Marathon hinter sich gebracht. Jeder einzelne Muskel tut ihm weh. Er lauscht in sich hinein. Er denkt nach. Er hat einen Albtraum gehabt, glaubt er sich zu erinnern. Sex mit vielen Frauen, die er nicht wirklich erkannt hat. Scheiße! Was ist mit ihm nur los? Er setzt sich ächzend auf. Seine Hände reiben über sein Gesicht, wie um alles Schlechte von ihm abwischen zu wollen. Es gelingt ihm nur halb. Er guckt noch einmal zu der

Schlafenden. Wann ist sie wieder zurück gekommen? Sie scheint tief zu schlafen.

Er streckt sich einmal lang und steht vorsichtig auf. Leicht wankend hält er sich am Tisch fest und wartet ab. Ihm ist schwindlig und kalt. Das Feuer im Kamin ist abgebrannt. Er sieht an sich hinunter. Er ist nackt. Wer hat ihn ausgezogen? Er kann sich nicht erinnern. Steif in den Gliedern geht er zum Kamin. Er muss ein Feuer entfachen. Die Temperaturen sind zu tief. Er friert. Mit gekonnten, aber zittrigen Handgriffen versucht er den Kamin startklar zu machen. Er schaufelt die kalte Asche aus dem Kamin und legt frische Scheite hinein. Er sucht den Raum nach etwas Brennbarem ab und findet einen Fetzen Stoff, der auf dem Tisch liegt. Er scheint nicht länger brauchbar zu sein und steckt ihn zwischen das Holz. Kurzerhand sucht er seine Jacke nach seinem kleinen Feuerzeug und zündet den Stofffetzen damit an. Aksinjas Methode Feuer zu machen, dauert ihm jetzt zu lange. Geduldig sieht er dem kleinen Flämmchen zu, wie es zu einer größeren heranwächst und legt noch weitere Holzscheite nach. Dann dreht er sich um und begegnet Aksinjas grüne Augen. Sie

scheint ihm etwas blass zu sein. „Hey…"
Er lächelt ihr zu, bleibt aber vor dem
Kamin hocken. Sein bebender Körper ist
noch lange nicht auf Normaltemperatur.
Sie setzt sich auf. Ihr Blick schweift zum
Kamin und wieder zu ihm zurück. Sie
sieht sexy aus, eingewickelt in ihre
Decke, denkt er sich. Aber er verspürt
keine Lust auf sie. Wieder fragt er sich,
was mit ihm passiert ist?

„Wie geht es dir?" Sie geht auf ihn zu und
fühlt seine Stirn auf Temperatur. „Was ist
mit mir los? Ich bin schwindelig, steif in
den Knochen und habe etwas
Kopfschmerzen. Mir ist fürchterlich
kalt." Jonas rückt näher zum Feuer.
„Kannst du dich nicht erinnern? Du
hattest Fieber. Ich habe die ganze Nacht
versucht deine Temperatur wieder zu
senken." Er sieht sich gedankenverloren
um. „Ich hatte Sex…", meint er
nachdenklich. „Ja… mit Florence und
Jannika… hab ich gehört." Sie sieht ihn
etwas vorwurfsvoll an. „Nein… nur mit
Jannika denke ich! Ich weiß, dass ich mit
Florence nichts gemacht habe! Sie hat
sich mir aufgedrängt. Aber da war
nichts…" Er runzelt die Stirn. „Ich habe
vor der Hütte auf dich gewartet, aber du

bist nicht gekommen. Dann ist Jannika einfach so dagestanden. Ich weiß nicht mehr, wie das passiert ist. Aber es muss wohl so gewesen sein…"

Sollte sie zu vorschnell weggerannt sein, als sie Florence mit Jonas gesehen hat? Aksinja bekommt ein schlechtes Gewissen. Wenn sie da geblieben wäre, wäre der Sex mit Jannika nicht passiert und Jonas hätte friedlich geschlafen. Aber das erklärt seinen Gedächtnisverlust noch nicht. Sie muss mit Jannika sprechen. Sie wird doch nicht… Aksinjas Gedanken fahren Karussell. Sie hält diese Ungewissheit nicht mehr länger aus. „Ich muss schnell hinaus. Warte hier!", fügt sie noch hinzu.

Sie eilt mit schnellen Schritten zur Hütte von Jannika und klopft energisch an. Sie hat ein Wörtchen mit dieser Frau zu reden! „Jannika! Bist du wach?" Aksinja hört ein Rumoren im Inneren der Hütte, dann geht die Tür auf. „Guten Morgen Aksinja! Was verschafft mir die Ehre?" Jannikas Tonfall ist etwas patzig. Soll das was heißen? „Hattest du Sex mit Jonas?" Jannika lächelt in Gedanken, das für Aksinja einem Eingeständnis gleich kommt. „Wie hast du ihn dazu gebracht?" „Wieso willst du das wissen?" Jannika wird vorsichtig. Ihre Augen sind zu Schlitzen verengt. „Sag es mir! Jonas hatte Fieber und es geht ihm heute noch immer nicht gut! … Jannika!", ungeduldig und prüfend sieht Aksinja der jüngeren Frau in die Augen. Jannika ist rot wie eine Tomate angelaufen. Sie traut sich nicht mehr der Anführerin des Dorfes in die Augen zu schauen. „Jannika!", mahnt Aksinja und schüttelt sie an den Armen. „Ist ja gut! Ich habe mir von Eira ein Fläschchen von dem Rauschmittel geholt, das wir in der einen Nacht gehabt haben. Es hat voll eingeschlagen. Aksinja! Er ist eine Rakete!", schwärmt sie, bis sie den heftigen Schlag einer Ohrfeige spürt. „Aua!" Mit ihrer Hand auf ihrer brennenden Wange, steht sie verdattert da. „Was soll das?" Sie sieht Annika unsicher nach, die sich ohne ein weiteres Wort umgedreht hat und wütend von dannen gelaufen ist.

Das wird Folgen nach sich ziehen! Aksinja läuft Amok. Diese Schlampe hat sich erdreistet das Leben eines Mannes für ihr Vergnügen schon wieder aufs

Spiel zu setzen! Was denkt sie sich eigentlich dabei? Sie muss sofort Eira informieren und pocht kurz danach an deren Tür. „Guten Morgen! Hast du etwas vergessen?" Eira öffnet mit lächelnden Gesicht weit die Tür und lässt ihre Freundin herein. „Jannika hat Jonas von dem Rauschmittel gegeben! Bitte sieh nach, ob dir eines der Fläschchen abgeht!", blafft Aksinja Eira an. Eira sieht natürlich sofort nach. Sie kann sich eigentlich nicht vorstellen, dass jemand ihre Verstecke verschiedentlicher Kräutervorräte kennt. Tatsächlich fehlt ein Fläschchen der Kräutertinktur, die sie Jonas in der vermaledeiten Nacht immer wieder verabreicht haben. „Oh mein Gott! Es fehlt wirklich eines! Wo ist es?!" Aksinja steht zornig, wie eine Furie vor Eira. „Jannika hat es! Sie hat es gerade gestanden! Komm, wir holen es!"

Sie rauscht wie ein Racheengel hinaus. Eira folgt ihr im Laufschritt und sie treten die Tür von Jannika ein, ohne sich vorher bemerkbar zu machen. Erschrocken springt Jannika von ihrem Stuhl vor dem Tisch auf. „Was…?" „Wir wollen, dass du uns dieses Fläschchen gibst!" Jannika nickt. Mit bleichem Gesicht überreicht sie den beiden dieses Rauschmittel. Sie weiß, dass sie Unrecht getan hat und wartet auf ihr Urteil. „Wir werden heute noch über dich richten, wenn die Sonne hoch am Himmel steht. Dann werden wir alle versammelt darüber urteilen, welche Strafe für dich angemessen ist, Jannika!" Ohne weitere Worte verlassen Aksinja und Eira die Hütte. Tief durchatmend geht Aksinja schließlich wieder zu ihrem Heim und findet Jonas angezogen und mit einer Decke um sich geschlungen vor der Hütte sitzen. „Hey… da bist du ja! Was ist das für eine Aufregung im Dorf?" Jonas hat es beobachtet, wie Aksinja und Eira hin- und hergelaufen sind. Sie haben äußerst verärgert ausgesehen.

Aksinja hat Angst, was sie jetzt Jonas beichten muss. Jannika hat eindeutig eine Linie überschritten und die muss verurteilt werden. Dass sie dabei Jonas nicht außen vor lassen kann, ist ihr schmerzlich klar. Sie beißt sich schuldbewusst auf die Lippen. „Sag es einfach… Ich beiße nicht!", versucht er zu scherzen, als er merkt, dass sie nach Worten ringt. „Ich… wir… Es tut mir so leid, was ich dir jetzt sagen muss…" Sie stockt wieder. „Als du bei uns aufgetaucht bist, haben die Hormone bei uns im Dorf verrückt zu spielen angefangen. Meine Gefährtinnen wollten unbedingt den Mann haben, der ihnen wie von Gott gesandt vorgekommen sein muss. Sie waren ausgehungert nach Sex und sie haben den Sex mit dir offiziell eingefordert." Aksinja nimmt tief Luft. Sie wagt es nicht, ihm in die Augen zu sehen. „Ich musste einer klaren Abstimmung stattgeben. Ich konnte sie nicht abwehren! Glaube es mir! Bis auf eine Stimme haben alle es befürwortet! Oh mein Gott!" Aksinja fühlt sich immer noch schuldig. Sie schlägt entsetzt die Hände vor das Gesicht.

Jonas bleibt die Luft weg. Was redet sie da? „Was meinst du? Wie soll das passiert sein?" Er kann es sich nicht vorstellen. Mit aschfahlem Gesicht wendet sie sich ihm zu. „Eira hat ein Rauschmittel, extra für dich, gemischt. Du wirktest sehr potent. Es schien als könntest du deinen Mann stehen, solange du das Rauschmittel hattest. Es tut mir so leid!" Noch immer kann sie seinen Blick nicht begegnen. Es tut so weh! Ihre Schultern beben. Sie schluchzt laut auf. Jonas will jetzt nur mehr eines wissen. „Wer war die

Gegenstimme?" „Ich." Er schweigt. Die Frauen haben ihn vergewaltigt. Sie sind über ihn hergefallen, wie ein Rudel Wölfe! Darum hat er Albträume! Die nackten Frauen waren diese hier im Dorf! Er ist geschockt. „… und Jannika hat sich auch des Rauschmittels gestern bedient?" Sie nickt. „Hast du es mir deshalb gesagt, weil ich es sowieso erfahren hätte? Aksinja, weißt du überhaupt, was ihr mir angetan habt? Ihr habt mir Gift gegeben!" Ihm bleibt die Luft weg. Was soll er dazu noch sagen? Die Frauen sind irre!

Plötzlich bekommt er keine Luft mehr. Seine Lunge kollabiert. Er greift sich an den Brustkorb und fällt nach vorne. Aksinja springt erschrocken auf. „Jonas!" Sie legt ihn der Länge nach hin und fühlt seinen Puls. Jonas verdreht schon die Augen. Sein Mund will etwas sagen. Aber er schafft es nicht. „Eira! Eira! Eiiiraaa!" Sie schreit, bis sie bemerkt, dass sie jemand gehört hat. Dann wendet sie sich wieder dem, wie tot daliegenden Jonas zu. „Bitte bleib bei mir, Jonas!" Sie schüttelt ihn mehrmals. Sie haut auf seine Brust. Aber vergebens. Eira kniet sich schwer auf den Boden. Sie fühlt nach dem schwachen Puls. Sie klopft ihm mehrmals hart auf den Brustkorb. Dann fängt sie an, sein Herz zu drücken und springt zu seinem Kopf nach vorne, um ihm Atem einzuhauchen. „Hilf mir!", schreit sie zwischen ihren Herzmassagen Aksinja an. „Atme in seinen Mund, so wie ich es gemacht habe! Schnell!" Aksinja rutscht auf die Stelle zu seinem Kopf und hebt ihn an. Vorsichtig überstreckt sie seinen Hals und zwickt seine Nase zu und saugt Luft ein.

„Jetzt!", kommandiert Eira, die kurz mit der Massage am Brustkorb, nahe dem Herzen, aufgehört hat. Aksinja bläst ihren Atem in seinen Mund und wiederholt es mehrmals. „Aufhören!" Eira pumpt wieder mehrmals sein Herz. Dann ist Aksinja wieder dran. Zwischendurch fühlt Eira den Puls. Sie glaubt, dass er wieder höher schlägt. Einmal noch... dann noch einmal... Jonas Körper bebt und er schlägt, zur großen Erleichterung der Umstehenden, die Augen auf. Aksinja und Eira sind erleichtert. Ihre Körper sind schweißbedeckt. Sie hatten große Sorge um den Mann. Stumm sprechen sie ein Gebet aus und bekreuzigen sich. Dann streichelt Aksinja sanft über Jonas' Gesicht. „Wir haben dich wieder!", meint

Eira. „Was ist passiert?" Orientierungslos sieht er die zwei Köpfe über sich an. „Du bist einfach umgefallen! Wir mussten dich reanimieren! Wie fühlst du dich?" „Scheiße!" Er sieht sich um. Die Frauen stehen erschreckt um ihn herum. „Was wollt ihr eigentlich alle von mir?", fragt er dieses Mal laut, sodass es alle hören können. Gemurmel wird laut. Aber niemand wagt eine Antwort zu geben. Der Schock sitzt zu tief. „Kannst du dich aufsetzen?" Aksinja und Eira nehmen den schweren Körper Jonas' unter die Achseln und heben ihn ächzend in die Höhe. Als er zu sitzen kommt, atmet er erst einmal durch. Es tut weh. „Ich glaubte, keine Luft mehr zu bekommen…", murmelt er.

Aksinja verscheucht die gaffenden Mädels, damit Jonas sich nicht beengt fühlen muss. Vorsorglich setzt sie sich zu ihm und leistet ihm Gesellschaft. Eine lange Zeit schweigen sie. Dann fragt er leise: „Warum?" Sie kann ihm keine Antwort geben. Sie weiß es selbst nicht. Seine Hand greift nach ihrer, als suche er Schutz vor dem Unbekannten.

Begegnung mit dem Wolf

Seit Jonas' Zusammenbruch sind zwei Tage vergangen. Aksinja konnte ihn in seiner schlechten Verfassung nicht alleine lassen und hat ihn auf ihrer Pritsche schlafen lassen. Nun versammeln sich die Gefährtinnen des Dorfes auf dem großen Platz. Es gilt ein schlimmes Vergehen innerhalb der Gemeinde zu besprechen und zu verurteilen. Jannikas Vergehen muss angehört werden und mit eindeutiger Abstimmung bestraft werden. „Meine Gefährtinnen... „, Aksinjas Stimme macht eine kurze Gedankenpause. „... wir sind hier versammelt, weil ein Mitglied von uns ein Menschenleben, zu ihrem Vergnügen gefährdet hat." Sie sieht um sich. Ein Raunen geht durch den Kreis, den sie sitzend geschlossen haben. Auch Jonas ist dabei. Wobei ihm nicht ganz wohl dabei ist. Aber er will wissen, was mit ihm geschehen ist. Die Frauen wissen von Jannikas Verbrechen noch nichts. Noch sitzt Jannika in ihrem Kreis. „Jannika! Willst du dein Vergehen schildern? Oder soll ich anfangen zu erzählen, was ich weiß?", überlässt ihr Aksinja den Vortritt.

Mit verheult-fleckigen Gesicht, aber gefasst tritt die Beschuldigte nach vorne. „Ich wollte das nicht! Ehrlich! Jonas du bist ein so schöner Mann, aber du hast mich nie angesehen und in der Nacht habe ich mich mit dir so wohl gefühlt. Ich wollte es noch einmal!", fügt sie trotzig hinzu. Die Frauen erstarren. Ist ihr Geheimnis aufgeflogen? Was hat Jannika getan?! „Was hast du getan? Sag es uns!", Irina ist zornig. Wie kann sie nur! Jannika dreht sich nach Irina um und starrt ihr ängstlich in die Augen. „Ich… ich habe das Rauschmittel an Jonas wieder verwendet! Ich wollte unbedingt wieder Sex haben!", jammert sie. „Oh mein Gott!", murmelt jetzt Olga.

Jonas sitzt regungslos zwischen Eira und Aksinja. Ihm ist nicht wohl bei dieser Anhörung. Wird er Dinge hören, die er nicht hören will? Starr bleibt er sitzen. Das Mädchen Cara erhebt sich. „Jonas, was wir dir angetan haben, war schon ein Verbrechen! Dafür entschuldige ich mich. Ich weiß, dass es nicht richtig war und ich denke, dass ich für alle spreche.

Sag uns, was wir für dich tun können, wir tun es. Vielleicht können wir dir helfen, deine Hütte einzurichten? Wir sind hierin recht gut." Sie verstummt. Mehr kann sie nicht sagen. Ihr fehlen die Worte. Sie hat nicht einmal den Mumm, den Mann richtig in die Augen zu sehen. Dann steht Olga auf. „Jonas, du bist ein stattlicher Kerl. Wirklich. Aber du bist auch ein lieber Kerl. Wir mögen dich alle! Sag uns bitte, wie wir das wieder gut machen können!" Zum Schluss sieht sie böse zu Jannika hinüber. Die Frauen klatschen. Ihnen gefällt es, was die Gefährtinnen vorgeschlagen haben. Sie stehen voll hinter den Worten Caras und Olgas. Irina setzt dem noch die Krone auf, indem sie Jonas auffordert, die Strafe für Jannika zu setzen. „Sag uns, was wir mit ihr tun sollen! Wir sind auch schuldig, aber Jannika hat sich noch einmal mehr schuldig gemacht!" Sie sieht Jonas ruhig an. Jonas kann das nicht mehr länger. Er fühlt sich schwach. Er muss in Ruhe nachdenken, was er jetzt tun soll. Ohne Worte steht er auf und geht in die Hütte Aksinjas.

Dort atmet er einmal tief durch. Was soll er tun? Er muss weg, sonst platzt er! Kurz entschlossen nimmt er sich das Messer, das er sich von Irina ausgeliehen hat und springt aus dem Fenster hinaus und läuft direkt in den Wald hinein. Er will zu dem Wasserbecken gehen. Inzwischen hat er gelernt, die Hinweise des Waldes zu lesen. Er ist gut darin und braucht keine Bäume mehr zu ritzen. Bald kommt er am Wasserbecken an. Er setzt sich ans Ufer und denkt nach. Sie haben ihn vergewaltigt! Jede einzelne! Kein Wunder, dass er Albträume hat! Sie fragen ihn... IHN... welche Strafe für Jannika angemessen ist?! Eigentlich sollten alle eine Strafe bekommen! Seine Gedanken fahren Achterbahn.

Dann fällt ihm das Telefon ein. Er muss unbedingt nachsehen. Vielleicht kann er inzwischen nach Hause... in seine Welt...? Er vermisst seinen Konzern, seine Arbeit, den Stress des Alltags...

Ein leises Knacksen lässt ihn herumfahren. Aber er sieht nichts. Einzig eine kleine Maus läuft hinter ihm ins Gebüsch. Er lacht auf. Jetzt fürchtet er sich schon vor einer Maus! Er sieht sich um. Seine Augen fokussieren sich auf das dichte Gebüsch. Da ist nichts... nur

Stille... Er zuckt die Achseln. Er beschließt ein Bad zu nehmen. Er muss sich abkühlen. Seine Synapsen drehen bald durch! Er schlüpft aus seiner Jacke. Das lange Jagdmesser legt er daneben. Langsam, jedoch gedanklich weit weg, zieht er den Reißverschluss auf. Er streift seine Hose ab und zieht sein Hemd mit geschlossenen Knöpfen über den Kopf. Ohne lange darüber nachzudenken, wie kalt eigentlich das Wasser ist, läuft er in den kleinen See hinein und taucht prustend ab. Er wiederholt und kommt erfrischt hoch.

Als das Wasser aus seine Augen hinwegrinnt, hält er wie erstarrt inne. Sein Atem stockt. Mitten im Wasser muss er frierend mitansehen, wie ein Wolf am Ufer auf und ab läuft. Hat er Angst vor dem Wasser? Jonas bleibt vor erst still stehen. Er überlegt fieberhaft, was er jetzt tun könnte. Das Messer liegt nicht in seiner Reichweite. Ans Ufer kann er nicht. Der Wolf ist eindeutig stärker als er. Hat das Tier Hunger, fragt sich Jonas. Er hofft, dass dem nicht so ist. Dennoch ist er sich bewusst, wo ein Wolf ist, da kann der zweite nicht weit sein. Er probiert es mit Schreien. Vielleicht hört ihn jemand aus dem Dorf. Er fängt an. „Hilfe… Hiiilfeee… Hiiiiilfeeee!" Immer wieder, bis er heiser wird.

Der Wolf wirkt zusehends nervös. Er versucht ins Wasser zu steigen. Aber es scheint ihm noch zu kalt zu sein. Jonas Blick schwenkt zu seiner abgelegten Kleidung. Ob er das Messer erreichen kann, bevor ihn der Wolf zerfleischt? Er glaubt es nicht. Er kann nicht einmal abschätzen, ob der Wolf hungrig ist. Shit. Jonas versucht es noch einmal mit Schreien. „Hiiilfeee!... Hiiiilfeeee!" Er spritzt Wasser auf das Tier. Wo sind die anderen Wölfe? Ist das Tier alleine? Es knurrt nicht einmal. Es sieht ihn nur aus seinen bernsteinfarbenen Augen ruhig an. Jonas will versuchen an das Ufer heran zu kommen, wo sein Messer liegt. Langsam pirscht er sich seitwärts an dem Tier vorbei. Der Wolf steht auf seinen vier Beinen und sieht ihn ruhig an. Wenn es ein normaler Hund wäre, würde Jonas sagen, dass er ungefährlich ist. Aber es ist ein vermaledeiter Wolf! Wo sind die Frauen, wenn man sie braucht?! War es das jetzt mit ihm? Kann er jetzt abdanken? Mein Gott, hilf mir doch!

Er ist schon nahe am Ufer. Der Wolf, der noch immer alleine am Ufer steht, rührt sich nicht. Das Tier beobachtet ihn ruhig. Er scheint ihn nicht angreifen zu wollen. Mittlerweile sitzt er auf seinen Hinterbeinen und hechelt mit offenen Maul. Die Zunge hängt locker heraus. Der Wolf scheint ihn nur interessiert zu beobachten. Vorsichtig greift Jonas, statt zu dem Messer, zu seiner Hose. Dann zu seinem Hemd, das er in Windeseile über seinen Kopf gezogen hat. Nachdem er die Jacke angezogen hat, greift er endgültig zu dem Messer. Aber das Tier beobachtet weiterhin ruhig den Mann, der noch immer bloßfüßig dasteht.

„Jonas! Wo bist du?" Olga sucht nach ihm. Gott sei Dank! Er ist gerettet! Er schreit noch einmal, immer vorsichtig nach dem Wolf schielend. „Wenn du überleben willst, Wolf, dann würde ich jetzt verschwinden!" Der Wolf zeigt das erste Mal seine Lefzen, die er furchteinflößend zurückgezogen hat. Dann trollt er sich. Jonas seufzt auf. Ermattet lässt er sich fallen und zieht seine Socken und Stiefel an. Seine Füße sind eiskalt gefroren. Immer wieder bewegt er seine Zehen. Dann richtet er sich auf und macht einige Liegestütze und Klappmesser. „Was machst du da? Wir haben uns Sorgen gemacht! Du weißt, dass niemand im Wald alleine herumlaufen darf?" Olga sieht ihn vorwurfsvoll an. Sie scheint sich wirklich Sorgen um ihn gemacht zu haben. „Ich habe einen Wolf gesehen!" Sie sieht ihn zweifelnd von der Seite an. Wenn er einen Wolf gesehen hätte, dann wäre er mit Sicherheit zu einer guten Mahlzeit für ihn geworden. „Ach ja?" Er nickt. „Dann kannst du froh sein, dass ich rechtzeitig da gewesen bin.", meint sie abschätzig. Er lächelt. Sein Erlebnis wird sein Geheimnis bleiben.

Äußerst erleichtert, wieder im Dorf zu sein und damit außer Gefahr, begibt er sich sofort in seine Hütte. „Kann ich noch etwas für dich tun?" Er sieht Olga misstrauisch an. Was meint sie damit? Stirnrunzelnd überlegt er, wie er sie los werden könnte. Er hat momentan genug von den Weibern! „Vielleicht könnte ich dir helfen ein ordentliches Bett zu bauen? Recht weit bist du noch nicht gekommen!" Olga sieht sich seine selbst geflochtenen Seile an und nickt anerkennend. Sie sieht sich um „Wolltest

du ein Bett mit diesem Holz anfertigen?",
fragt sie ihn. Er nickt. Gemeinsam
arbeiten sie Hand in Hand. Olga ist
geschickt. Sie weiß was sie tun muss und
das Grundgerüst des Bettes ist schnell
fertig. Schwitzend und zufrieden mit sich,
sitzen sie nebeneinander auf der
Bettkante. „Danke! So schnell wäre ich
nicht zu meinem Bett gekommen!" „Ich
wollte ja nicht, dass du schon wieder bei
Aksinja übernachten musst!", scherzt sie.
„Ach ja? Bist du eifersüchtig?" Sie
schüttelt den Kopf. „Ich brauche eine
Matratze. Weißt du wo ich so etwas
bekomme?" Olga windet sich. Jannika ist
gut in Bettauflagen fertigen. Aber soll sie
gerade jetzt seine jüngste Peinigerin
erwähnen? Der Fall Jannika ist noch nicht
vom Tisch. „Was hast du? Sag es mir!"
„Es ist mir jetzt megapeinlich. Aber
Jannika ist die Beste, wenn du eine
Bettauflage brauchst. Da ist sie
unschlagbar!" „Ja dann…" Er seufzt auf.
Er braucht Jannika, wenn er ein eigenes
Bett will. Er steht auf und geht hinaus zu
Jannikas Hütte.

Er klopft an. „Ja?" Er öffnet und sieht sich
der Frau gegenüber, die er verurteilen
sollte. Aber sein Groll ist fast

verschwunden. „Hi. Olga sagt mir gerade, dass du die Beste bist, wenn ich eine Bettauflage brauche?" Jannika steht vorsichtig auf und nickt zögerlich. Sie weiß nicht, wie sie sich verhalten soll. „Olga hat recht. Ich kann das.", meint sie, als er sie lange genug angestarrt hat. „Machst du mir eine?" Sie nickt. Irgendwie ist sie froh, wenn sie etwas so Normales wie eine Bettauflage für ihn machen darf. Sie wird noch verrückt, wenn sie noch lange auf sein Urteil warten muss. „Dann komm mit. Mein Bettgestell ist schon fertig!", fordert er sie unverblümt auf. Schnell, ohne weiter sich Gedanken zu machen, packt sie ihr Nähzeug zusammen und läuft ihm hinterher.

Aksinja traut ihren Augen nicht. Jannika folgt Jonas in seine Hütte?! Das ist doch jetzt die Höhe! Sie hat Jannika in ihre eigene Hütte verbannt, damit sie abwarten soll, was mit ihr weiter geschehe. Jonas hat sein Urteil noch nicht ausgesprochen! „Was soll das?!" „Was?" Olga sitzt träge bei ihr in der Sonne, weil sie ihr Bericht erstattet hat. Sie beide haben darüber gelächelt, über Jonas' Geschichte über den Wolf. Der Wolf hätte ihn zerfleischt, wäre er wirklich am Ufer gewesen! Aksinja ist froh, dass Jonas wieder heil im Dorf zurück ist. Aber sie muss ihm noch die Leviten lesen! Er darf unter keinen Umständen alleine in den Wald. Es ist zu gefährlich!

Aksinja hält es nicht auf ihrem Platz aus. „Ich muss nachsehen! Olga lacht. Sie hat Aksinja nicht von Jannikas Mission erzählt. Soll sie es selbst herausfinden. Schmunzelnd guckt sie ihr nach. Aksinja platzt ohne anzuklopfen einfach in die Hütte hinein. Sie findet Jannika vor dem Bett. Sie scheint es abzumessen. Abrupt fährt das Mädchen in die Höhe und sieht Aksinja schuldig an. „Warum fällst du mit der Tür ins Haus? Kannst du nicht anklopfen?" Jonas ist angepisst, wegen Aksinjas ruppigen Überfall. Er ist beim Sortieren des Holzes. Vieles kann er gebrauchen, Vieles muss weg. „Äh… ja… ich dachte… Was machst du hier? Solltest du nicht in deiner Hütte auf dein Urteil warten?!", fährt sie stotternd Jannika an. „Lass sie in Ruhe! Sie ist gekommen, weil sie eine Bettauflage für mich machen wird. Ich habe sie gebeten!", hilft Jonas der erschrockenen Frau. Aksinja dreht auf der Stelle herum und eilt schnellen Schrittes wieder hinaus. Sie ist angepisst. Sie hat sich, bis auf die Knochen, blamiert. Laufenden Schrittes rennt sie auf ihre Hütte zu und findet eine grinsende Olga vor. „Alles in Ordnung?", meint sie frech. Die Nase rümpfend knallt Aksinja die Tür von innen zu. Olga lacht sich kaputt.

„Scheiße! Jetzt krieg ich richtig Ärger!" Jannika ist am Boden zerstört. „Wieso?" Jonas steht auf der Leitung. „Ich sollte wirklich in meine Hütte gehen!", meint sie kleinlaut und will ihre Utensilien zusammen packen. „Wo willst du hin? Ich muss heute in meinem Bett schlafen!", bellt Jonas aufgebracht. Diese Weiber will doch einer verstehen! Jannika stockt. Sie ist im Zwiespalt. Einerseits muss sie ihrer Anführerin gehorchen, andererseits will sie Jonas sein Bett machen. Sie will ihre Schuld an ihm wieder gutmachen. Sie entscheidet sich für Jonas. „Also gut! Ich brauche Felle! Leider habe ich nicht so viele bei mir! Vielleicht können wir versuchen, bei den anderen einige einzufordern?", fragend sieht sie ihn an. Er denkt nach. Eine gute Idee! Die Weiber haben alle ein schlechtes Gewissen, da helfen sie doch sicher gerne aus! „Mach es so!" „Kannst du mit mir kommen? Ich trau mich nicht! Sie sind alle böse mit mir!"

„Komm!" Kurzerhand nimmt er sie an der Hand und schleppt sie zur ersten Hütte. Das Staunen der Frauen, denen sie unterwegs begegnen ist nicht schlecht. Jannika Hand in Hand mit Jonas? „Was läuft da?", fragen sich jetzt alle. Jonas fällt es nicht auf, dass er die Frau hinter sich herschleppt. Er will nur so schnell als möglich sein Bett fertig haben! Sie haben Glück. Die Frauen sind großzügig. Die Bettauflage wird zwar ein buntes Fellgemisch aus Wolfspelz und Bärenfell... Annika hat noch Reste von dem Tiger. Jannika kann ihm sogar noch ein Kissen und eine Decke schneidern. Die Frauen werden findig und bringen zusätzlich viel Stroh vorbei. Die Hütte ist jetzt voll von den schnatternden Weibern, sodass Jonas Platzangst bekommen hat. Fluchtartig verlässt er das Haus und setzt sich in die Sonne.

„Da ist viel los in deiner Hütte!" Er nickt mit geschlossenen Augen. Diese Frau ist die Einzige, die er zurzeit ohne Misstrauen an sich heranlässt. „Darf ich?" Er nickt. Annika setzt sich neben ihn und lauscht. Sie hört einen Wolf heulen. „Sie sind in der Nähe! Wir müssen aufpassen." „Ja." Er denkt an den Wolf am Ufer. Er hat ihn lange beobachtet und ist wieder weitergezogen, als sich Olga genähert hat. Jonas hat das Gefühl, als hätte das Tier auf ihn aufgepasst.

Zu später Stunde ist Jannika fertig. Zufrieden begutachtet sie das riesige Bett. Es sieht wirklich einladend aus. Aber sie macht sich nichts vor. Das Damoklesschwert schwebt noch immer über ihr. Seufzend dreht sie sich um und bemerkt Jonas hinter ihr. „Du bist auch hier?", japst sie erschreckt auf. Er sieht zu dem Bett. „Das hast du gut gemacht, Jannika! Ich danke dir!" Zu ihrem Entsetzen gibt er ihr einen Kuss auf die Stirn. Verlegen wendet sie sich ab und eilt hinaus. Jonas sieht ihr lächelnd hinterher. Von Jannika wird ihm nichts mehr geschehen. Er wird auch keine Strafe für sie verlangen. Aber er wird sie noch zappeln lassen. Sie hat es längst bereut. Da ist er sich sicher. Müde legt er sich nackt ins Bett. Die weichen wärmenden Felle schmiegen sich an seine schmerzenden Muskeln. Er ist noch immer nicht in seiner Form. Mit gekreuzten Armen hinter seinem Kopf, sieht er sich um. Er fängt an, Pläne zu schmieden. Seine Hütte ist noch längst nicht fertig und er wird jede helfende Hand einfordern! In Gedanken versunken, schläft er schließlich ein. Diese Nacht wird er ohne Albtraum überstehen und träumt von einem Wolf mit bernsteinfarbenen Augen…

Kampf der wilden Tiere

„Was willst du jetzt mit Jannika machen?" Aksinja sitzt bei Jonas in der Sonne. „Was meinst du?" Aksinja verdreht die Augen. Was ist mit dem Mann los? Es ist ihm Unrecht an Körper und Seele getan worden und er fragt sie, was sie meine?! Geht's ihm noch gut? „Wir müssen ein Urteil über Jannika sprechen! Sie ist immer noch in Haft!" Jonas sieht sie entsetzt an. „Du meinst Jannika sitzt in ihrer Hütte und darf nicht hinaus?" „Ja… bis du ein Urteil gesprochen hast!" „Dann trommle mal alle zusammen! Sofort!" Annika seufzt. Dieser Mann ist ein Tyrann! „So Mädels!" Diese Anrede gefällt nicht allen Frauen. Aber sie nehmen es ohne Murren hin. „Ich muss mich schon wundern, dass Jannika für euch alle büßen muss!" Er sieht eine nach der anderen in die Augen. Ohne Ausnahme senken sie verlegen den Blick. Er nimmt tief Luft und fährt in seiner Rede fort. „Ihr alle… ALLE… habt mich im Drogenrausch missbraucht! Eigentlich sollte ich euch alle dafür verdammen. Aber wir sind in der Wildnis und jeder ist auf jeden angewiesen." Jonas nimmt tief Luft und nimmt seine Rede wieder auf. „Außerdem haben einige schon bewiesen, dass sie es bereuen! Ich kann noch einige tüchtige Hände gebrauchen! Meine Hütte ist noch leer. Ich brauche noch einen Tisch und zwei Sessel. Dann möchte ich noch ein kleines Bad zimmern und ein brauchbares Fitnessstudio einrichten! Ich hoffe, dass ihr Reue zeigt und mir dabei helft!" Er muss sich ein Lachen verbeißen. Die Frauen sehen ihn entsetzt an. „Kommt schon Leute! Es wartet einiges an Arbeit auf euch!" Aksinja tritt vor. „Ihr habt gehört, meine Gefährtinnen. Jonas braucht Hilfe. Strengt euch an und er wird jeder einzelnen von euch vergeben. Jannika, du darfst dich wieder frei bewegen!" Sie dreht sich um. Aber Jonas ist nicht mehr da.

Er muss sich bewegen. Die entsetzten Gesichter verfolgen ihn beinhart. Aber etwas Härte muss sein! Er schlendert wieder einmal alleine durch den Dschungel. Seine Aufmerksamkeit ist ihm zur zweiten Natur geworden. Er bewegt sich so sicher wie jede Frau im Dorf. Eigentlich ist es ganz schön, wieder einmal alleine zu sein. Die weibliche Dominanz erdrückt ihn und er verkrampft, wenn er in glänzende Augen sehen muss. Er fühlt sich verfolgt. Ob das je aufhört? Er sieht zur Seite. Was war das? Er sieht eine kleine Bisamratte ins Gebüsch jagen. Er atmet erleichtert auf. Vielleicht ist es doch keine so gute Idee, alleine hier zu sein? Es könnte ein Bär, oder vielleicht wieder ein Tiger auftauchen? Er denkt an den Wolf und stockt… Der Wolf steht wieder am Ufer! Jonas ist sich sicher, dass es derselbe Wolf ist, der ihm schon einmal gegenüber gestanden hat. Der Mann und das Tier stehen sich still gegenüber. Sie sehen sich in die Augen. Jonas hat sein Jagdmesser griffbereit in den Händen. Der Wolf ignoriert es. Jonas geht noch ein Stückchen vor. Der Wolf steigt unruhig hin und her und verharrt erneut. „Was willst du von mir?" Jonas spricht das Tier an und er erwartet naturgemäß keine Antwort. Jonas geht noch einen Schritt weiter. Der Wolf macht kehrt und verschwindet im Wald.

Jonas setzt sich ans Ufer und schaut sinnend in die Weite hinaus. Was will der Wolf von ihm? Er hört ein Knacksen. Ist der Wolf wieder zurück gekommen? Er dreht sich langsam und argwöhnisch um. Er will kein Geräusch verursachen. Ach du Scheiße! Ein Bär trottet mit direkten Schritten auf ihn zu. Noch wirkt er ruhig. Jonas krabbelt langsam zur Seite. Der Bär fängt an zu knurren. „Lieber Bär, ich tu dir nichts und du tust mir nichts!", murmelt Jonas. Aber der Bär scheint sich von dem Menschen bedroht zu fühlen und kommt lauter brummend näher. Er wird immer schneller und stellt sich, zu Jonas' Entsetzen, vor ihm auf die Hinterbeine. Der Bär ist mächtig!

Jonas zückt sein Messer und taumelt zurück. Weit kommt er nicht. Hinter ihm ist das Wasser… vor ihm kommt der Bär immer näher. Was soll er tun? Schreien wird ihm nichts nützen. Der Bär ist längst über ihm, wenn er nur einen weiteren unbedachten Schritt macht. Laut brüllend kommt der braune Koloss näher. Jonas spricht sein letztes Gebet. Fetzen seines Lebens jagen in Sekundenschnelle durch sein Gedächtnis. Er hat noch so viel zu tun…

Er fällt… Er schreit auf… Er glaubt an sein Ende. Das riesige Tier brüllt verärgert auf, wirft seinen Kopf hin und her und stürzt neben ihn in den matschigen Boden. Der Wolf hängt auf ihm wie eine Klette. Seine Krallen haben sich in den Pelz des Bären verhakt. Mit seinen scharfen Zähnen verbeißt er sich in den riesigen pelzigen Kopf. Das Gerangel der wilden Tiere läuft wie ein Film vor Jonas ab, der selbst wie gelähmt im Wasser liegt. Entsetzt muss er mitansehen, als der Bär seinen Widersacher, mit seinen dicken Pranken, in hohem Bogen wegschleudert. Der Wolf bleibt abseits winselnd liegen. Der Bär brüllt noch ein letztes Mal auf, schüttelt seinen Kopf und trottet dann in den Wald zurück.

Jonas sieht zu dem verletzten Tier. Der Wolf liegt in seinem Blut und leckt sich über eine verletzte Pfote. Kann er ihm helfen? Oder beißt er gleich zu? Der Wolf hat immerhin sein Leben gerettet! Jonas driftet klatschnass aus dem Wasser. Noch spürt er die Eiseskälte nicht. Langsam, immer noch geschockt, kriecht er auf allen Vieren zu dem vor ihm liegenden Wolf. Ihm ist es bewusst, dass der Wolf ihn noch immer zerfleischen könnte. Aber er riskiert es. Vorsichtig… ganz langsam und bange nähert er sich. Der Wolf guckt auf. Winselnde Laute und ein scheinbar verletzter Blick aus bernsteinfarbenen Augen beobachten ihn. Jonas wagt seine Hand auszustrecken und streicht über das pelzige Fell des Wolfes. Dieser lässt es geschehen.

„Du hast mich gerettet, Wolf! Dafür rette ich jetzt dich!" Als würde der Wolf ihn verstehen, leckt er ihm mit seiner rosigen langen Zunge über die streichelnde Hand. Jonas wird mutiger. Er packt zärtlich den Kopf des Tieres zwischen seine Hände und legt seine Stirn an die des Wolfes. „Du und ich…" „Ich muss dich mit ins Dorf nehmen, sonst verblutest du mir noch!" Jonas sieht sich um. Er braucht eine brauchbare Trage. Er kann unmöglich den Wolf tragen! Jonas versucht das Tier hochzuheben. „Mann! Bist du schwer!" Er legt es sofort wieder nieder. Er versucht geeignete Holzblöcke zu finden. Dann reißt er an den Lianen und schneidet sie ab. Er schnürt die Holzblöcke mit den fasrigen Lianen notdürftig zusammen und sieht sich sein Ergebnis zufrieden an. „Das wird so gehen müssen! Komm!" Der Wolf hebt ermattet seinen Kopf, als würde er sich angesprochen fühlen. Er lässt sich von Jonas hochheben und auf die neu angefertigte Konstruktion legen. Jonas ist mit sich zufrieden und spannt sich vor. Mühsam startet er los…

„Mein Gott Jonas! Wo warst du schon wieder?! Müssen wir dich festbinden, damit du nicht immer davonläufst!" Irina kommt ihm entgegen. Ihre Pfeile und der Bogen wippen bei jedem Schritt auf und ab. Neugierig sieht sie Jonas an, der etwas hinter sich herzieht. Ein Wolf?! „Wo hast du den Wolf nur aufgegabelt?" „Er hat mir das Leben gerettet! Jetzt rette ich seines!", schnauft Jonas. Er wagt es nicht stehen, zu bleiben, sonst fürchtet er, dass ihn seine Kräfte verlassen werden. „Hilf mir, Mädchen!" Irina lacht, aber sie packt mit an. Gemeinsam kommen sie zügig wieder ins Dorf zurück und werden von den anderen Frauen neugierig umzingelt, als sie endlich vor seiner Hütte ankommen.

Jonas wendet sich zu Eira. „Kannst du ihm helfen?" Sie sieht ihn panisch an. Ein Wolf! Doch dann nickt sie, als er sie noch einmal forsch fragt. Schnell holt sie ihren Kräuterkoffer. „Was hast du mit dem

Wolf vor?" Aksinja steht neben ihm und sieht auf das mittlerweile fast leblose Tier hinunter. „Ich werde es retten! Wir sind Freunde!" Aksinja schnaubt. „Das ist ein wildes und gefährliches Tier, Jonas!" „Ich weiß. Ich werde es nicht einsperren. Es kann gehen, wohin es immer möchte!" Eira teilt ihre Gefährtinnen zur Hilfe ein. Sie braucht sauberes Wasser und Tücher! „Jannika bring mir doch etwas von dem Mull, den ich in meiner Hütte habe!" Sie legt ihre Hand beruhigend auf den Kopf des Tieres. Der Wolf scheint schon fast ohnmächtig zu sein. Seine Reflexe sind so gut wie nicht mehr vorhanden. Eira macht sich Sorgen. Bekümmert sieht sie zu Jonas auf.

„Kannst du ihm helfen?", fragt er. „Ich tu mein Bestes!" Sie säubert die blutig verkrusteten Wunden an den Beinen und am Hals, wo die Kratzer sehr tief sind. Dann schmiert sie eine dicke Salbe, die Cara nach Eiras Anweisung zubereitet hat, großzügig auf und verbindet, mit weichen Tüchern und Mull, locker die tiefen Verwundungen. „Ich möchte dem Wolf Beruhigungskräuter geben. Er muss schlafen, damit er gesund wird! Darf ich?" Vorsichtshalber fragt sie Jonas. Sie weiß, wie empfindlich er auf ihre Kräuter reagiert. Er nickt und sie flößt dem Tier einige Tropfen ein, damit es sich gesund schlafen kann. „Ich sehe morgen wieder nach dem Wolf!" Dann verlässt sie die Hütte. Jonas ist alleine. Er schält sich aus seinen klammen Klamotten und wickelt sich nackt in seine Felle auf dem Bett ein. Gedankenverloren beobachtet er den Wolf, bis ihm selbst die Augen zufallen.

Am nächsten Morgen wacht er auf. Es klopft an die Tür seiner Hütte. Nur mit den Fellen umhüllt steht er auf. Aksinja steht vor ihm. „Oh…! Hab ich dich geweckt?" „Nein! Willst du reinkommen?" Er dreht sich um und überlässt es ihr, ob sie ihm folgt. „Ich dachte, dass du vielleicht dein Telefon wieder haben willst?" Überrascht hebt er die Augenbrauen. „Wie kommt's?" Sie zuckt die Achseln und legt das Gerät auf sein Bett. Sie sieht zu dem Wolf, der nahe an dem Kamin auf dem nackten Boden liegt. Er scheint zu schlafen. Der Körper liegt seitlich. Der Kopf ist auf dem Boden. Das Maul steht leicht offen. „Wie geht es ihm?" „Ich weiß es nicht. Ich hoffe, dass er überleben wird!"

„Ich wollte dich eigentlich fragen, wie es mit dir weitergehen wird? Wie lange wirst du bleiben? Meine Gefährtinnen werden unruhig. Du verstehst… ein Mann und viele Frauen…? Da kommt zwangsläufig Unruhe auf." Aksinja kann ihn nicht ansehen. Es ist ihr peinlich. Aber sie hat für Ruhe in ihrem Dorf zu sorgen. Jonas ist schon zu lange hier. Sie kann nicht für ihre Gefährtinnen garantieren. Irgendwann werden der einen, oder anderen die Hormone über Hand nehmen und sich wieder an ihn heranmachen wollen. „Ich weiß es nicht. Ich muss das Telefon aktivieren. Vielleicht gibt es gute Nachrichten." Er überlegt. „Aber…" „Ja…?" „Ich kann weiterziehen, wenn es dem Wolf wieder gut geht." Jonas will es nicht wirklich, aber er versteht auch die prekäre Lage hier im Dorf. „Du musst dich jetzt nicht entscheiden…" Aksinja geht hinaus.

Bedürfnisse

Jonas lässt sich zu dem Wolf auf den Boden nieder und streichelt das verletzte Tier. Er schaltet sein Telefon ein. Sofort blinken unzählige SMS in seinem Account. „Ach du heilige Scheiße!" Entsetzt sieht er die Unmengen an Nachrichten. Viele lauten so wie: „Lebst du noch? Wo bist du? Melde dich endlich!" Seine Verlobte! Er hat nicht mehr an sie gedacht, seit er hier in dieses Dorf gekommen ist!

Er denkt nach. Das Leben vor diesem jetzigen ist ihm irgendwie fremd geworden. Seine Verlobte irgendwie auch. Statt, dass er das Gesicht der puppenhaften Schönheit vor Augen hat, sieht er nur Aksinja. Nadja, seine Verlobte, ist eine verwöhnte junge Frau. Sie hat nur Mode, Maniküre, Pediküre und Beauty im Kopf. Von ihr hat er den Klatsch rund um sein altes Leben erfahren.

Aksinja ist ein ganz anderer Mensch. Sie ist natürlich. Mit ihr langweilt er sich nie. Die Gespräche mit ihr sind fordernd und

sie macht sich nichts aus
Oberflächlichkeiten. Aksinja muss um ihr
Überleben und das ihrer Gefährtinnen in
diesem Urwald kämpfen. Sogar um deren
Sorgen und Ängste muss sie sich
kümmern. Er kann verstehen, dass die
Frauen ihr körperliches Bedürfnis
missen, wenn sie ihn sehen. Er muss sich
etwas überlegen.

Aber zuerst muss er zumindest die
Anfragen seiner Anwälte beantworten.
„Der Mann, der sich gestellt hat, hat sich
in Ungereimtheiten verstrickt. Die
Vernehmungen laufen noch immer. Aber
es ist zu vermuten, dass er jemand
anderen decken will. Außerdem fragen
die Anwälte nach, ob es ihm gutgehe.
Braucht er etwas? Können sie ihm
irgendwie helfen? Jonas darf jedoch
seinen Aufenthalt nicht bekannt geben.
Schon alleine, dass er das Telefon
benutzt, ist gefährlich genug. Es könnte
schon gehackt sein. Er lehnt jegliche
Hilfe ab und er meldet sich wieder. Seine
Verlobte bekommt keine Antworten. Zu
groß ist die Gefahr, dass sie jemanden
von ihm erzählen könnte. Schwer in
Gedanken schaltet er wieder den OFF
Knopf. „Was soll ich nur machen?",

sinniert er. Sein Blick fällt auf den Wolf, der den Kopf erhoben hat und seine Hand ableckt.

„Hey… wie geht es dir?" Jonas freut sich auf das sichere Lebenszeichen seines Wolfes. Er platziert den pelzigen Kopf auf seinen Schoß und streichelt ihn weiter. „Ich habe mir Sorgen um dich gemacht, Kumpel! Aber ich sehe, dass es dir besser geht!" Gemeinsam verharren sie am Kamin und lassen es sich gut gehen, bis Eira hereinkommt. „Ah… ich sehe, dass es meinem Patienten schon viel besser geht!" Der Wolf ist noch immer misstrauisch gegenüber anderen und knurrt gefährlich. Eira hält vorsichtshalber Abstand. Jonas stupst das Tier an. „Lass das! Das ist Eira und sie hat dir geholfen! Also benimm dich!" Jonas hält seinen Wolf vorsorglich am Maul fest und nickt Eira zu. Vorsichtig nimmt sie die Verbände ab und begutachtet die Wunden. Einige wässern noch, aber im Großen und Ganzen ist sie mit dem Verlauf zufrieden. Sie reicht Jonas eine Pastete, eingewickelt in ein großes Blatt und schafft ihm an, dass er die Wunden am Abend noch einmal einschmieren soll. Dann verarztet sie die noch nicht verheilten Wunden und hält wieder Abstand zu dem misstrauischen Tier. „Danke Eira! Mein Wolf wird dir das nie vergessen, glaub mir!" Sie lächelt. Aber ihr Blick fällt immer wieder auf seine bloße Brust. Sie ist noch immer so gestählt, wie sie es in Erinnerung hat. Sie hätte jetzt große Lust auf den Mann vor sich. Ohne es selbst zu bemerken, leckt sie sich über ihre Lippen. Dann sieht sie gequält weg. Sie darf das nicht tun! Sich wieder sammeln zu wollen, schließt sie kurz die Augen.

„Eira!" Er fordert ihre Aufmerksamkeit. „Ja?", blinzelnd blickt sie auf. Er fühlt ihre Nervosität in Bezug auf seine Nacktheit. Das Fell bedeckt gerade seine Genitalien. Sein Nabel und das Dreieck, das zu seinem Glied führt, ist bloß. Aber er richtet sich nicht, denn er will den Wolf nicht aufscheuchen, der noch immer mit dem Kopf auf seinem Schoß liegt. „Aksinja hat mit mir gesprochen. Sie meint, dass es für euch Frauen schwer ist, mir zu widerstehen. Ist das so? Tut es euch weh?" Er möchte den Frauen eine Peinlichkeit ersparen. Lieber verlässt er dieses Dorf. Sie zuckt die Achseln. „Ja… Es ist schwer. Gerade jetzt möchte ich mich mit dir vergnügen, weil du fast nackt, nur mit einem Stück Fell bedeckt, vor mir sitzt! Es tut fast schon weh…" Sie schluckt und guckt wieder weg von ihm. Er wischt kleine Tränchen von ihrer Wange weg. „Komm her!"

Er zieht sie unerbittlich am Oberarm zu sich und küsst sie. Seufzend überlässt sie sich seiner Fürsorge. „Nimm deine Hand und zieh das Kleid nach oben!" Sie tut es und hebt das Becken, um den Kittel wegzuziehen. Sie würde alles tun, was er verlangt, wenn er nur nicht aufhört, sie so zu küssen. „Streichle deinen Kitzler!" Sie tut es. Ihr Mittelfinger umkreist das Nervenbündel. Immer mehr und immer heftiger. Der Kuss spornt sie an. Seine Zunge fordert sie heraus. Der feuchte Muskel fährt gemächlich in ihrem Mund hinein und hinaus, als würde sein Penis in ihrer Pussy sein. Dann spürt sie seinen Finger an ihren Schamlippen, der sie streichelt, die ihre Nässe verteilt… „Bleib bei deiner Aufgabe!", erinnert er sie knapp und steckt ihr die Zunge wieder in den Mund. Mit Fickbewegungen macht er sie heiß. Ein zweiter Finger gesellt sich zu seinem Zeigefinger und penetriert sie heftiger. Ihre Pussy zieht sich sehnsuchtsvoll zusammen. Wimmernd hängt sie an seinem Mund. Ihre zweite Hand krallt sich in seinen Brustmuskel. Sie ist höchst erregt. Seine Finger sind geschickt. Ihr Finger reibt energischer um den Kitzler.

Sie ist soweit. Aber sie will es hinauszögern. Sie will mehr… viel mehr… Jonas befreit sich von ihrem Mund und zieht sie ganz nah an seinen Körper. Jetzt gilt es nur mehr, sie schnell und hart zum Höhepunkt zu bringen. Mit ihrem Kopf in seiner Halsbeuge und ihrer Hand an ihrem Nervenbündel fängt ihr Körper zu vibrieren an. „Jonas! Ich halte das nicht mehr aus!", keucht sie. „Bald Eira! Bald bist du soweit! Jetzt! Komm!" Er stößt noch einmal heftig zu und touchiert dabei den G-Punkt. Eira erzittert und schreit leise auf. Sie lässt sich fallen. Ihre Muskeln kontrahieren und Jonas hält sie dabei fest an sich gedrückt. Immer wieder küsst er sie leicht auf den Kopf und wartet ihren heftigen Orgasmus ab. Dann stemmt sie sich von ihm weg. Sie wagt es nicht, ihn anzusehen. „Ist es jetzt besser?", fragt er sie, ihr ins hochrote Gesicht blickend. Sie nickt. „Hey… bitte… du brauchst dich nicht zu schämen! Ich habe es gerne gemacht und ich sage es nicht weiter! Ehrenwort!" Sie sieht ihn abschätzend an. Aber sie merkt keine Häme und begegnet nur Freundlichkeit. „Danke!", flüstert sie und steht schnell auf. „Gerne!" Dann verschwindet sie. Jonas wendet sich seinem Wolf zu. „Du hast nichts gesehen, klar?", schmunzelt er und reibt ihm rubbelnd über das schöne weiche Fell. Ein leises Fauchen ist die Antwort.

Jonas ist froh, dass er Eira helfen konnte. Er hat sie nicht gefickt. Aber sie hat es dringend gebraucht. Er ist sich nicht sicher, wie er es jetzt weiter handhaben will. Er muss abwarten. Hoffentlich sickert die Begegnung mit Eira nicht durch und die Frauen wollen nur mehr das Eine von ihm! „Kumpel, ich muss aufstehen und mich anziehen. Nicht das die nächste hier steht und mich ansabbert." Der Wolf hebt den Kopf und sieht Jonas nach. Es scheint, dass er nicht daran denkt, die warme Stelle vor dem Kamin so schnell verlassen zu wollen. Gähnend reißt er das Maul auf und zeigt seine gefährlich spitzen Zähne. Dann schließt sich das Maul und der Wolf beobachtet, scheinbar ruhig, das Tun Jonas'.

Jonas verlässt seine Hütte. Er muss sich ablenken und sucht nach Olga und Irina. Sie sollen ihm bei den Arbeiten für den Fitnessbereich helfen. „Olga, Irina kommt! Ich brauch euch!" „Was willst du von uns, Jonas?" „Ich muss trainieren und brauche Fitnessgeräte! Kommt wir müssen einen Plan ausarbeiten!" „Jonas, wir müssen hier bleiben! Unsere Aufgabe ist es, das Dorf zu schützen und uns nicht in deiner Hütte verstecken, Mann!" Er zaudert. Sie können es auch im Freien besprechen. „Na gut. Wir können es auch hier machen. Oder?", fordert er sie heraus. Seine Augenbrauen sind hochgezogen. „Also gut! Wir helfen dir. Sag uns, was du dir vorstellst und wir sagen dir, was machbar ist. Punkt." Irina ist genervt. Der Mann beansprucht viel Zeit von den anderen. Aber sie bekommen nichts von ihm? Das ist unfair! „Was bekommen wir, wenn wir dir helfen?" „Ihr könnt zu mir trainieren kommen, wenn alles fertig ist!" „Ich dachte eigentlich an… Sex?" Sie sieht ihn verschmitzt an. „Den hattet ihr schon!", erinnert er sie prompt. Sie wird doch tatsächlich rot. „Also können wir beginnen?", meint er ironisch.

Aksinja sieht Jonas mit Olga und Irina auf dem Boden des Dorfplatzes sitzen. Was machen die da? Cara kommt vorbei. „Was machen die drei da?" „Ich glaube, er bespricht mit ihnen Fitnesspläne." „Aha…" Jonas scheint sich hier häuslich niederlassen zu wollen. Hat er sie nicht verstanden?! Eira kommt hinzu. Sie sieht fröhlich aus. „Hi. Was glotzt ihr da?", versucht sie in Erfahrung bringen und sieht in die Richtung, die so interessant zu sein scheint. „Jonas, Olga und Irina…", sagt Aksinja und kraust die Nase. „Was gefällt dir daran nicht?" „Ich habe mit Jonas erst ein Gespräch gehabt. Ich habe ihm nahegelegt, dass er das Dorf verlassen soll." „Warum das?" „Wegen uns allen. Wir verzehren uns nach Liebe… Sex… und er als Mann ist immer vor unserer Nase und wir können ihn nicht haben!" Aksinja seufzt. „Ach was! Wir schaffen das schon. Außerdem kannst du solche Dinge nicht über unsere Köpfe entscheiden!", meint Eira und sieht zu Jonas hin. Kurz verweilen Aksinja und Eira in ihren Gedanken.

Das Erlebnis mit Jonas ist Eiras kleines süßes Geheimnis. Sie wird es wie einen Schatz bei sich verwahren. Vielleicht kann er ihre anderen Gefährtinnen auch ähnliche Liebesdienste erweisen? Dann hätten sie alle was davon und Jonas kann bleiben. „Du hast recht!" Aksinjas resolute Stimme reißt Eira aus ihren angenehmen Gedanken. Seit ihrem großartigen Orgasmus ist sie bestens gelaunt. „Womit habe ich recht, meine Liebe?", zwitschert sie aufgekratzt. „Wir werden das Problem Jonas mit allen besprechen und stimmen dann ab. Aksinja hat kein gutes Gefühl dabei. Aber Eira überrascht sie. „Du wirst sehen, dass Jonas bleiben kann!" „Warum bist du heute so gut drauf?", fragt Aksinja ihre Freundin und sieht wieder zu den Dreien hin. Sie merkt gar nicht, wie Eira über und über rot wird.

Aksinja setzt ihre Schritte automatisch zu dem Trio, das am Boden vor Jonas' Hütte sitzt. „Kann ich euch helfen?" „Wir sind schon fertig! Olga und Irina haben fantastische Ideen! Wir werden jetzt in den Wald gehen und verschiedentliches Holz aussuchen!" Jonas' enthusiastischer Ton lässt die anderen beiden seufzen. Sie

sehen viel Arbeit auf sich zukommen…
sehr viel Arbeit. Aksinja holt ihre
Waffen. Sie will die Drei, ihn ihrem Tun,
nicht aufhalten und schiebt selbst Wache
rund um das Dorf. Eigentlich ist sie froh,
etwas zu tun zu haben und über einiges
nachdenken zu können.

Bevor die Frauen mit Jonas aufbrechen,
sieht er nach seinem neuen Kumpel. Aber
der Wolf scheint eingeschlafen zu sein.
Beruhigt geht Jonas wieder nach draußen
und das Trio verschwindet mit einigem
Werkzeug im Wald. Bald findet er
geeignetes Material und sie beginnen es
zu schlägern. Schwitzend und schnaufend
arbeiten sie den Nachmittag dahin. Jonas
ist unerbittlich und bringt die beiden
Frauen an ihre Grenzen. Endlich scheint
er zufrieden. „Wir sind hier fertig!",
beschließt er und wischt sich den
Schweiß von der Stirn. Olga und Irina
nicken nur erschöpft. Sie sammeln zu
dritt das Werkzeug ein und sie machen
sich wieder auf den Weg zum Dorf. Die
Sonne geht schon unter und sie kommen
rechtzeitig zum Essen.

Die Stimmung rund um das Feuer am
Dorfplatz scheint entspannt zu sein.

Einzig Aksinja ist unruhig. Sie muss das Thema Jonas, ja oder nein, zur Sprache bringen. Kein gutes Thema. Sie merkt, dass ihre Gefährtinnen mit Jonas scheinbar gut klarkommen. Aber es muss sein. Irgendwann ist es wieder soweit und eines ihrer Mädchen rastet aus. Sie wartet ab, bis alle genug gegessen haben. Dann nimmt sie einmal tief Luft und richtet sich auf. „Gefährtinnen!", schreit sie durch die Nacht. Sofort sind alle still. Sie sieht schnell durch die Runde und bleibt an niemandem besonderen hängen. „Wir müssen abstimmen was mit Jonas geschehen soll." Unruhe kommt auf. „Was soll mit ihm geschehen?!" „Warum?" „Was meinst du?" Stimmen prasseln nur so auf Aksinja ein. Fragende Gesichter sind auf Aksinja fixiert. Sie windet sich. Kein leichtes Thema, wie es scheint. Aber jetzt muss sie durch. Sie fährt fort. Dabei sieht sie absichtlich nicht auf Jonas. Sie möchte ihn jetzt nicht sehen. Er weiß, was auf sie alle zukommt.

„Wir haben Jonas vergewaltigt…" Bei diesem Wort zuckt die eine oder andere sichtlich zusammen. Aber Jonas' Gesicht zeigt keine Regung. Sein Gesicht ist nichtssagend. „…wir haben ihm Unrecht getan. Aber dies ist Vergangenheit! Wir haben längst darüber gesprochen und ein Urteil von Jonas gehört. Aber das Problem ist mit diesem Urteil nicht zur Seite geräumt. Es ist immer noch ein Mann hier, der uns Frauen in starke Versuchung führt. Meint ihr nicht?!" Totenstille. Alle sehen auf Jonas. „Aber er ist uns ein lieber Gefährte geworden! Er hat sich so gut eingelebt! Er versteht uns so gut, dass wir uns schon mit der einen, oder anderen Sprache mit ihm unterhalten können. Er ist der Pol für uns. Ohne ihn würde ich mich zumindest verloren fühlen. Da verzichte ich gerne auf Sex!" Alle sehen mit gemischten Gefühlen zu Cara. „Danke Cara!" Jonas winkt ihr zu. Sie sitzen sich gegenüber… beinahe fünf Meter entfernt mit dem Feuer zwischen ihnen. „Sie hat recht, Aksinja! Ich sehe ihn gern an. Er ist ja ein schöner Mann! Aber deshalb muss ich nicht gleich an Sex denken! Wir haben doch noch andere Möglichkeiten, um uns zu befriedigen, oder nicht?" Irina blickt auffordernd in die Runde. „Danke Irina! Hoffentlich denkst du morgen auch noch so über mich, wenn du für mich arbeitest!" Sein Blick ist schelmisch.

Irina stöhnt gequält auf. „Sklaventreiber!", auch Olga muss ihren Senf dazu geben. Die Frauen lachen befreit auf.

Einzig Aksinja weiß nicht, wie sie sich verhalten soll. Sie will Sex mit dem Mann! Jeder Tag, jede Stunde sehnt sie sich nach seinen starken Armen. Aber was soll sie machen? Sie ist offenbar die Einzige, die ihn weiterhaben will. Scheiße! „Jonas was hast du dazu zu sagen?", fordert sie ihn auf, ein Statement abzugeben. Er hält kurz inne. Dann erhebt er das Wort. „Zuerst bedanke ich mich wirklich dafür, dass ihr mich in eurer Gemeinschaft aufgenommen habt. Wie es aussieht fühlt ihr euch mit mir wohl und ich möchte mich auch mehr einbringen. Sagt mir, wenn ihr eine Arbeit habt, die euch zu anstrengend ist. Ich will euch helfen. Aber ich bleibe auch nicht für immer. Denn ich habe eine verantwortungsvolle Aufgabe in meiner Welt." Dann kommt die Stunde der Wahrheiten. Die Gefährtinnen wollen wissen, was ihn in seine Welt zurückzieht. „Welche Aufgabe zwingt dich wieder zurück? Woher kommst du eigentlich? Wer wartet auf dich?" Er seufzt. Er fühlt, dass sie die Wahrheit über ihn wissen sollten. Also beginnt er mit seiner Geschichte…

„Ich bin CEO meines eigenen Unternehmens, das ich selbst über Jahre hinweg aufgebaut habe. Ich habe die Verantwortung über viele meiner Mitarbeiter. Dennoch bin ich nicht gegen die Justiz gefeit. Ich wurde wegen Mordes angeklagt. Aber ich weiß, dass ich niemanden umgebracht habe. Ich habe das Mordopfer nicht einmal gekannt. Aber ich war zum falschen Zeitpunkt am falschen Ort. Eigentlich ein blödes Klischee, nicht wahr?", er lächelt etwas gequält und fährt fort. „Als ich merkte, dass die Falle über mir zusammenschlägt, habe ich sofort meinen Stellvertreter alarmiert, dass er die Anwälte anrufen soll. Das Gefängnis war für mich keine Option. Ich habe schnell das Nötigste gepackt und bin geflohen. Warum ich hierher bin, weiß ich nicht. Meine Absicht war es, dass ich die Fährte verwischen musste. Ich bin im Zickzackkurs drauflos gefahren, habe unterwegs das Auto gewechselt und glaubte mich schlussendlich sicher. Ich landete in Komi…" „Woher kommst

du?", fragt Olga. „Amerika!"
„Wahnsinn!" „Das ist ja weit weg!" „Wie
kommst du in den Urwald?"

Jonas seufzt. „Tja, die Interpol hat
reagiert und eine Fahndung nach mir
ausgelegt. Ich musste mir einige
Grundnahrungsmittel besorgen… da
muss es passiert sein… und es hat mich
jemand erkannt.", fällt ihm gerade erst
ein. Ja, da muss es passiert sein! Aksinja
fällt auf, dass er eine Erkenntnis erlangt
hat. Er spricht weiter. „Ich bin von dem
Laden hinaus und bin der örtlichen
Polizei gegenüber gestanden. So schnell
ich konnte, bin ich weggerannt. Ich habe
mir die engen und verzweigten Gassen
zunutze gemacht und bin immer wieder
abgebogen. Aber sie ließen sich nicht
abwimmeln. Dann bin ich vor dem Wald
gestanden und ich bin hineingelaufen…"
Immer weiter… und weiter, bis er das
Gefühl hatte, dass ihn keiner mehr
verfolgte. Aber er ist von Bäumen
umgeben gewesen und wusste nicht
mehr, wo… wie… Er hatte die
Orientierung verloren. Er ist weiter
gelaufen und stand sich schließlich einem
Tiger gegenüber. Sein Ende…

Aksinja gluckst. Sie kann sich noch lebhaft daran erinnern, wie sie im Busch gesessen und ihn beobachtet hat. Schließlich hat sie den Tiger erlegt. Den Frauen steht der Mund offen. Wenn es nicht so ernst wäre, hätten sie zumindest eine spannendes Märchen gehört. „Was passierte dann?" Jonas sieht Florence lächelnd an. Er hat ihr längst ihren Fauxpas verziehen. „Aksinja hat mich gerettet. Sie hat den Tiger erlegt, bevor er mich erlegt hat." Er lacht, aber sein Blick fängt den von Aksinja ein und sie verschmelzen ineinander. Die anderen Frauen sehen sich bedeutungsvoll an. Aksinja und Jonas…

„Ich habe ein Satelitentelefon, dass ich hin und wieder nach Nachrichten meiner Anwälte überprüfe. Die letzten Nachrichten waren Gute. Ich warte noch auf grünes Licht, dann kann ich wieder in meine Welt." Seine Stimme bricht. Er fühlt sich hier wohl. Das Leben ist hart. Er muss jeden Tag, wie jede Frau hier, um das Überleben kämpfen. Aber es ist ein ehrliches Leben. Jeder hat hier seinen Platz., Jeder hat hier seine verantwortungsvolle Aufgabe und jeder wird hier gleichermaßen geschätzt. Auch die Frauen verstummen. Eine leise Stimme meint. „Das wäre aber schade! Wir lieben dich!" Wieder Stille. Der eine oder andere Kopf nickt zustimmend. Aksinja muss eingreifen. Die Stimmung scheint zu kippen. „Mädels! Noch ist er da! Wir sind uns einig, dass er eine Bereicherung für unser Dorf ist. Genießen wir unsere Gemeinschaft!" „Yeah…!" Olga hebt in ihrer gerührten Anwandlung die Faust. „Danke!", auch Jonas ist gerührt und steht auf. Eine nach der anderen wird fest gedrückt. Keine will ihn sofort loslassen. Aber er zieht weiter.

Es ist soweit

Das Leben im Dorf hat seinen gewohnten Ablauf genommen. Jonas hat seine Hütte mit Hilfe der Frauen vollständig eingerichtet und hilft bei Arbeiten im Dorf und auch bei der Wache aus. Seine körperliche Fitness ist am Höhepunkt. Seine Technik in Kampfsituationen hat er mit Aksinja, Irina und Olga verfeinert. Täglich führt er Scheinkämpfe mit einer der drei Frauen aus. Mittlerweile müssen sie schon zu zweit gegen ihn antreten, um einigermaßen zu bestehen. Seine Orientierung im Wald ist bestens und er kann das Dorf mit allerlei Wildtieren, die er findet, verköstigen.

Heute ist er wieder einmal mit seinem Wolf auf Jagd. Aksinja begleitet ihn. Mit langen Schritten schreiten sie durch den dichten Fichtenwald. „Wo sind wir hier? Ich kenne die Gegend hier nicht.", meint Jonas. „Ich wollte einmal ein neues Gebiet erforschen. Aber ich war schon einmal hier. Vielleicht gibt es anderes Fleisch für uns? Lassen wir uns überraschen!" Jonas nickt und sieht sich aufmerksam um. Sie wollen sich nicht verirren. Es knackst auf der linken Seite. Aksinja greift auf Jonas' Arm, um ihn darauf aufmerksam zu machen. Er nickt. Er hat es ebenso gehört. Der Wolf neben ihm verharrt still… noch. Dann sprintet er los. „Wolf!" Jonas ist verärgert. Sein Gefährte ist entgegen seiner Art losgelaufen. Das Tier, das sie gehört haben, ist wahrscheinlich schon weit weg. Plötzlich kommt Wolf aus dem Busch. Im Maul trägt er ein kleines Tier. Er hat einen Hasen erlegt. „Ein Hase! So etwas habe ich schon lange nicht mehr gesehen!" Aksinja lacht. Der Wolf hat anscheinend ebenso Lust auf etwas anderes gehabt. Sie lassen ihm seine Beute, über die er sich sofort hermacht.

Sie gehen weiter. Wolf lassen sie hinter sich. Er wird sie schon wieder einholen. Immer wieder sehen sie kleine Nagetiere. Aber sie lassen sie in Ruhe. Sie wollen etwas Größeres jagen. „Hörst du das? Die Wölfe heulen!" Jonas nickt. Er fragt sich, wie sein Wolf darauf reagiert. Sie gehen langsam und immer auf der Hut weiter. Dann knackst es verdächtig nach einem größerem Tier. Die beiden Menschen verharren still. Sie suchen die unmittelbare Gegend ab. Bald prescht eine Wildsau mit Galopp aus dem Gebüsch… direkt auf sie zu. Aksinja lässt ihren angespannten Bogen los und der Pfeil zischt surrend auf das Borstentier, das schon gefährlich nahe ist. Sie trifft es nicht tödlich. Jonas wirft sich auf das Schwein, als es scheinbar die Frau neben ihn niederrennen will. Er schlingt sich um den Körper des wild gewordenen Borstentieres und sticht mit seinem Jagdmesser mehrmals in den Hals des Tieres. „Das ist ein Warzenschwein!", stellt Aksinja fest. „Ja…" Jonas liegt erschöpft, neben dem erlegten Schwein, auf dem Boden. Sein Atem geht schwer. Dieses Tier ist ein Koloss und verdammt schwer! Er rappelt sich auf und hilft Aksinja das Tier an den Beinen zusammen zu binden. Dann schleppen sie es gemeinsam zum Dorf zurück. „Das wird heute ein Festessen!" Jonas nickt. Auf dem Weg zum Dorf kommen sie an dem Wasserbecken vorbei. Gewohnt sich nackt zu sehen, tauchen sie kurz in das kalte Wasser ein, um sich den Schmutz und den Schweiß des Tages abzuwaschen. Dann gehen sie weiter. Jonas macht sich Sorgen um seinen Wolf.

„Da seid ihr ja! Was habt ihr im Schlepptau? Ein Schwein? Wahnsinn! Wo habt ihr das denn her?" Irina ist begeistert. Sie ist ihnen ein Stück entgegen gekommen. Sie packt mit an und die Beute wird mit großem Hallo entgegengenommen. Ein Schwein ist so gut wie nie auf dem Speiseplan.

Jonas geht in seine Hütte. Er will sich umziehen. Er macht sich Gedanken wegen Wolf und merkt nicht, als Cara plötzlich hinter ihm steht. „Kann ich mit dir sprechen?" „Meine Güte, kannst du nicht anklopfen?", fährt er sie an. „Ich habe geklopft!" „Setz dich! Ich ziehe mich schnell an!" Er zieht sich eine Fell Hose über und setzt sich zu ihr. Er ist noch etwas erhitzt von der Ankunft und will sich noch nicht ganz verhüllen. „Sprich!" Sie sieht ihn schüchtern an. „Ich… äh… ich wollte dich fragen… äh… ob du mich mitnehmen könntest, wenn du in deine Welt zurück kehrst? Ich habe es so satt, hier zu sein!" Ihre Augen werden feucht. Er nimmt sie in den Arm. Die Frauen hier sind anscheinend nicht alle so überzeugt von ihrem Dasein. „Natürlich, wenn du es willst, nehme ich dich gerne mit.", versichert er ihr. Vertrauensvoll schmiegt sie sich in seine kraftvollen Arme. Sie hebt den Kopf. „Darf Florence auch mit? Sie weint sich alle Tage in den Schlaf, weil sie es hier nicht mehr aushält." Er ist schockiert. Natürlich nimmt er jede von ihnen mit. „Sag Florence, dass ich sie auch mitnehmen werde." „Versprochen?" „Versprochen!" Sie mag nicht von ihm weggehen. Sie mag es von ihm gehalten zu werden und bittet ihn um ein Neues. „Magst du mich noch ein bisschen fester halten? Er drückt sie liebevoll an seinen warmen Körper und küsst sie auf den Scheitel. Sie lächelt in sich hinein. Er ist ein toller Mann. Sie küsst ihn auf die nackte Brust und trennt sich widerwillig von ihm. „Danke! Das hat gut getan!" „Jederzeit wieder, Cara!"

Cara springt auf und steht Aksinja gegenüber. Fröhlich lacht sie ihre Gefährtin an. „Er will uns alle mitnehmen, wenn wir wollen!", spricht sie und ist schon weg. „Was war das denn bitte?", fragt Aksinja pikiert. Sie hat Cara in den Armen von Jonas gesehen. Er zuckt die Achseln. „Sie hatte das Bedürfnis in den Arm genommen zu werden. Wer bin ich, dass ich es ihr verweigere?" Er starrt sie ruhig an. Dann fragt er Aksinja frech. „Willst du auch in den Arm genommen werden?" Mit einem „Pff!" wiegelt sie ab. So bedürftig ist sie noch nicht. „Sag schon, was verschafft mir die Ehre?" „Ich wollte dich nur zum Essen holen! Zieh dich ordentlich an! Sonst haben die anderen auch noch Bedürfnisse. Vielleicht willst du sie alle befriedigen?" Er lacht. Sie dreht sich beleidigt um und stapft mit hochgezogener Nase hinaus.

Die Stimmung beim Essen ist ausgelassen. „Wann fährst du wieder nach Hause, Jonas?" „Ich weiß es nicht. Es kann morgen, übermorgen oder in einem Jahr sein! Wieso fragst du mich, Olga?" „Cara hat uns erzählt, dass du sie mitnimmst, wenn du fährst. Wir alle fragen uns das schon die ganze Zeit lang." Er nickt. „Ich verspreche euch allen, dass ich euch mitnehme. Großes Ehrenwort!" „Mädels, habt ihr das gehört? Es geht wieder in die große weite Welt!" Die Stimmung könnte nicht fröhlicher sein. Anscheinend haben die Frauen die Nase voll von den vielen Entbehrungen der ‚einfachen Welt‘. Florence stimmt ein Lied an. Nacheinander folgt die eine, oder andere der leisen, schwermütigen Stimme Florences.

Einzig Aksinja wird nachdenklich. Sie wendet sich zu ihren Gefährtinnen. „Wie stellt ihr euch das vor, ihr dummen Gänse!“, schreit sie aufgebracht. „Wir haben nichts! Wovon wollt ihr leben? Es gibt keinen Wald, wo wir Beeren, Pilze und Wildtiere finden. Wir haben keine ordentliche Kleidung mehr. Wir sind verwahrlost in den Augen der ‚normalen Welt‘! Wir haben keine Unterkunft. Wir können mit den Ratten um einen Platz kämpfen, damit wir schlafen können. Kein Mensch würde uns Arbeit geben, damit wir Geld verdienen, so wie wir aussehen! Mensch, Leute! Überlegt euch das einmal!“ Die Frauen verstummen entsetzt. Da ist etwas Wahres dran. Sie werden es verdammt schwierig haben! Ob sie es schaffen können? Sie bezweifeln es. Sie kennen die korrupte, eigennützige Welt da draußen. Auch wenn sie schon Jahre hier ihr Leben fristen, sie haben die Welt da draußen nicht vergessen. Cara fängt zu heulen an.

Florence zieht sie zu sich und wiegt sie sachte hin und her.

Jonas ist entsetzt. Natürlich ist ihm bewusst gewesen, dass es nicht so einfach für die Frauen sein wird, in die Welt hinauszugehen. Aber dass Aksinja die Wahrheit so schonungslos herausschreit, ist dennoch hart. Er räuspert sich. „Mädels! Ich versichere euch, dass ich euch unterstützen werde. Ich habe genug Möglichkeiten, um euch den Anfang so leicht wie möglich zu gestalten. Ach was, kurze Rede… langer Sinn. Ich habe für euch alle einen Job. Für eine Unterkunft kann ich auch garantieren. Glaubt mir." Jonas hält inne. Die Gesichter haben sich wieder aufgehellt und jetzt sehen sie ihn an, als wäre er der Erlöser! Wiederum räuspert er sich. „Habt ihr noch etwas Fleisch für mich?", fragt er etwas verlegen. Eiligst springen Florence, Cara und Jannika auf und bringen ihm ihre Reste. Die Sau auf dem Spieß ist längst nur mehr nacktes Gebein. „Danke!"

Aksinja setzt sich neben ihm. „Danke! Ich hoffe, dass du Wort halten kannst! Meine Gefährtinnen zählen auf dich!" Kauend nickt er mehrmals, dann

versichert er ihr, dass es auch seine
Gefährtinnen sind. Sie haben ihm viel
gegeben. Er liebt sie alle. Sie sehen den
Frauen beim Aufräumen zu. Die Knochen
packen sie für Wolf ein. Das Tier ist zu
einem festen Bestandteil ihrer Gruppe
geworden. „Wo ist Wolf?" „Keine
Ahnung. Die Wölfe haben geheult und er
ist weggelaufen." „Okay, dann heben wir
die Knochenreste für ihn bis morgen auf."
Bald sitzen Aksinja und Jonas nur mehr
alleine vor dem erlöschenden Feuer.
„Hast du wieder auf deinem Telefon
nachgesehen?" Jetzt ist Aksinja nicht
mehr so abgeneigt, eine Abreise zu
planen. „Nicht mehr, seit du es mir
gegeben hast. Aber wir können es
gemeinsam checken. Willst du?" Sie
nickt und lässt sich von ihm aufziehen.

Aksinja sieht Jonas zu. Er hat den ON
Knopf gedrückt. Das grelle Licht des
Telefon zuckt auf und ungehörte
Nachrichten blinken auf. Es sind wieder
einige. Sogar sein Vize Sebastian hat
Kontakt zu ihm aufgenommen! Er liest
diese Nachricht als erstes. ‚Hey Kumpel!
Wir brauchen dich! Mensch, lass uns
nicht hängen!‘ Jonas lächelt. Sebastian ist
nicht nur sein Vize, sondern auch sein

bester Freund. Er liest die Nachrichten seiner Anwälte. ‚Die Gefahr einer Verhaftung ist gelöscht. Der Mörder ist gefunden und verurteilt. Sie können wieder nach Hause kommen!‘ Endlich! „Siehst du? Wir können los!" Er lacht befreit auf. Aksinja lächelt. Ein so gelöst lachender Jonas ist sehr attraktiv. Noch dazu, wenn er sie überschwänglich in den Arm reißt und sie wie verrückt küsst! Sie kann ihm nicht widerstehen und verliert sich in seiner verrückten Anwandlung. Aus einem Kuss wird ein Reiben ihrer Körper. Sie will ihn und er will sie. Schon von Anfang an, als er sie im Busch sitzen gesehen hat. Jetzt ist die Zeit wieder gekommen, um sich mit ihr zu vereinen.

Vergessen ist das Telefon, das eingeschaltet auf dem Tisch liegt. Nur sie beide zählen. Sein Kuss ist fordernd. Wimmernd ergibt sie sich Jonas. Kein schlechtes Gewissen gegenüber ihren Gefährtinnen… keine Scheu vor dem Mann… nur mehr Verlangen… Verlangen nach dem Mann, der sie im Wald gefunden und sich nicht mehr abschütteln hat lassen. Der Gefährte, wegen dem sie alle in Entzücken geraten sind. Der ihnen allen beigestanden hat, obwohl sie ihm großes Unrecht getan haben. Seine starken Arme tragen sie sorgsam auf seine Bettstatt und legt sie vor sich auf den Rücken. Dann spreizt er ihre Knie und sieht auf ihre glänzende Pussy, die sich vor ihm entblättert. Zuerst sträubt sie sich. „Entspann dich! Ich will dich sehen!", raunt er. Er beugt sich auf ein Knie und kommt näher an sie heran. Vorsichtig und mit Gefühl leckt er sich durch die Schamlippen. Ein Schwall Feuchtigkeit bestätigt ihm, dass es ihr gefällt. Diese honigsüße Feuchtigkeit schmeckt und er hat das Gefühl, im Himmel gelandet zu sein. Es ist lange her, dass er eine Frau wissentlich und aus freien Stücken gehabt hat. Aksinja ist eine besondere Frau. Sie hat Stärke bewiesen. Sie stellt ihre Bedürfnisse hinter denen ihrer Gefährtinnen. Sie will einfach, dass es allen gut geht. „Jonas!" Er muss sie niederhalten. Ihr Becken bockt. Seine Sinne sind jetzt nur auf sie gerichtet. Er will sie und er will ihr Vergnügen bereiten. Es wird das letzte Mal hier in den Wäldern sein. Was wird sie alle erwarten? Wird Aksinja bei ihm bleiben, wenn sie in der neuen Welt Fuß gefasst hat?

„Nimm mich endlich!" Sie hat ihn aus seinen Gedanken gerissen. Mein Gott! Er muss sich auf die Frau konzentrieren! Er richtet sich auf und nimmt den Schaft fest in seine Faust. Einmal…, zweimal…, dreimal… pumpt er sich selbst und setzt die Eichel an die Nässe an. „Jonas, beeil dich! Ich halte es nicht mehr aus!" Er lächelt sie an. „Baby! Ich komme!" Er rutscht ohne Probleme in ihren Kanal hinein. Dennoch ist es sehr, sehr eng. Er stöhnt verhalten auf und versucht, langsamer zu machen. Um noch tiefer in sie einzudringen, holt er ihre Beine auf seine Schulter. Aksinja keucht auf. Sie muss sich wirklich erst an dieses große Stück in ihr gewöhnen. „Aah… Jaa…! Mach schon!", fordert sie ihn dennoch ungeduldig auf und reißt an seinen Armen. Mehr muss er nicht hören und fickt sie schnell und hart. Seine Stöße sind lang und tief. Mit Wohlgefallen beobachtet er ihre Brüste, die sich in seinem Rhythmus schaukeln. Sein Penis rotiert und trifft mehrmals brutal auf ihren G-Punkt. Sie schreit gellend auf. Sie hat kein Gefühl mehr dafür, wo es anfängt und wo es aufhört. Immer wieder… immer wieder stößt er zu. Ihre Sicht verschwimmt. Ihr Fokus liegt auf seinem Gesicht, das angestrengt versucht, bei ihr zu bleiben und nicht zu voreilig seinen Saft zu verschleudern.

Sie spürt es deutlich kommen. Als wäre alles still um sie geworden. Ein komisches Gefühl. Ein kurzes Gefühl. Ihr Körper fängt an zu summen… vibrieren… sich vorzubereiten auf den Höhepunkt. „Ich komme!", warnt sie ihn vor. Das braucht sie nicht. Er spürt jede Veränderung, die in ihr stattfindet. Zuerst hält sie kurz den Atem an. Ihre Augen sind verschleiert. Ihre inneren Muskeln vibrieren um seinen Penis und dann bekommt er das Gefühl, als würde ein Tornado über sie hereinbrechen. Ihre inneren Muskeln quetschen seinen Schwanz, als würden sie ihn nicht mehr loslassen wollen. Ächzend fickt er sie weiter. Ihre Kontraktionen führen ihn zu seinem Orgasmus. Sein Brüllen kollidiert mit ihrem gellendem Schrei. Der Samen pumpt ungebremst in ihre Vagina. Keiner dachte an ein Kondom. Hätte sie eines gehabt, oder er? Man weiß es nicht. Die Erlösung beider ist noch lange nicht vorbei. Er bumst sie bis zu seiner Erschöpfung. Dann fällt er in sich zusammen. „Jonas, ich liebe dich!" Jonas schnauft. Sein Atem ist noch nicht kontrollierbar. Er rutscht mühsam zur Seite, weil er das Gefühl hat, sie mit seinem Gewicht zu quetschen. Lange… lange danach sieht er sie schweigsam an. Er hat sie gehört, aber er zeigt es nicht. Es ist ihr herausgerutscht, in einer Situation, wo die Sinne verrücktspielen. Vielleicht will sie es wieder zurück nehmen? Lange liegen sie engumschlungen da. „Es ist schon spät." „Ja…" Er wühlt sich mit seinem Kopf in ihre Halsbeuge und schnuppert lautstark durch die Nase. Sie kichert. „Was machst du da?" „Ich rieche dich!", murmelt er heiser. Dann vibriert das Telefon.

„Ach du Scheiße, wir haben das Telefon nicht ausgeschalten!" Jonas spring auf und sieht nach. Es ist sein Kumpel Sebastian. Er nimmt an. „Hey Kumpel!" „Jonas! Wo bist du? Ich freue mich hoffentlich bald deinen Arsch zu sehen! Hier geht es drunter und drüber…!" „Beruhige dich erst mal. Was ist los bei euch?" „Uns sind viele Mitarbeiter davongelaufen, nachdem durchgesickert ist, dass der Boss ein Mörder ist. Einige Abteilungen sind unterbesetzt. Mensch, beweg deinen Arsch hierher!" Jonas lacht. Er kennt Sebastian. „Ich komme, wenn du mir ein Flugzeug schickst! Hol mich ab! Ich brauche einen Lastwagen. Ich nehme einige Leute mit!" „Häh? Willst du Ureinwohner nach Amerika verschleppen? Was soll das?" „Komm wieder runter, Arschgesicht! Tu was ich dir sage und du wirst eine Überraschung erleben, von der du noch deinen Enkelkindern erzählen wirst! Ha… ha… ha…! Beeil dich gefälligst!", fügt er noch hinzu. „Lass das Telefon an, damit ich dich finde. Ich komme höchstpersönlich!" „Geht klar, Kumpel!" Jonas legt auf und sieht Aksinja grinsend an. „Wir gehen!", verlautbart er.

Sie nickt. Sie weiß nicht, was sie von dem jetzt halten soll. Sieben Jahre sind es beinahe, dass sie hier sind! Es ist eine lange Zeit. Sie hatten eine harte Zeit, aber auch eine friedvolle Zeit. Seufzend steht sie auf. „Hey, wohin willst du jetzt?" „Ich gehe in meine Hütte. Ich muss alleine sein." Jonas versteht es nicht. Aber er erkennt, wann man jemanden nicht aufhalten soll. Als Aksinja zur Tür geht und sie öffnet, kommt Wolf seelenruhig herein, als wäre er gerade einmal rund ums Haus geschlendert.

„Wolf! Da bist du ja." Jonas freut sich seinen Gefährten wieder zu sehen. Kurz lässt sich das Tier umarmen und knuddeln und geht weiter auf seinen Platz vor dem Kamin. „Hast du Hunger?" Wolf hebt seinen pelzigen Kopf. Seine Zunge hängt ihm heraus. Jonas wertet dies als ein ‚Ja' und geht hinaus, wo die Reste des Abendessen verstaut sind. Wolf macht sich mit Heißhunger darüber her. Zufrieden leckt er sich anschließend mit seiner rosigen Zunge die Pfoten. Dann leckt er noch rund um sein Maul, reißt es kurz auf, als würde er gähnen und sieht Jonas mit hochgehobenen Kopf, scheinbar dankbar, an.

Jonas liegt auf seinem Bett und sieht seinem Wolf lächelnd, aber auch traurig zu. Er muss Wolf hier lassen! Er kann ihn nicht aus seiner gewohnten Umgebung herausreißen! Er würde sich in der Stadt nicht wohl fühlen und er selbst kann sich nicht ausreichend um ihn kümmern. Hier sind sie Freunde und Gefährten… rund um die Uhr. Zu Hause wäre Wolf ein Haustier, das warten muss, bis es an die

Reihe kommen würde und das wäre
unfair. Er überlegt sich, wie er dem Wolf
so etwas beibringen soll.

Abschied

Am nächsten Morgen regnet es in Strömen. Jonas' Stimmung ist auf dem Nullpunkt. Er bleibt in seinem Bett, bis Wolf ihn mit einem leichten Biss in das Handgelenk weckt. „Wolf!" Wolf wimmert. Er muss vor die Tür! Widerwillig steht Jonas auf und wickelt sich die Felldecke um seine Hüften. Schnell öffnet er dem Tier die Tür. Gott sei Dank muss ich nicht mit dem Wolf Gassi gehen, meint Jonas im Stillen und schließt resolut. Er will dem kalt-nassen Tag nicht begegnen und legt sich wieder hin. Dann erinnert er sich an das Gespräch mit Sebastian und lächelt. Er freut sich auf sein Gesicht, wenn er sieht, wo sich Jonas die ganze Zeit aufgehalten hat.

„Jonas! Frühstück für dich!" Caras Stimme hallt glockenhell und betont fröhlich zu ihm hinein. Die Frau freut sich auch bei Regenwetter! „Ich komme!" Mühsam ächzend setzt er sich auf. Was steht heute an? Er weiß es nicht. Er weiß auch nicht, wie lange Sebastian auf sich warten lässt. Er zieht sich warm an und geht hinaus. Hier ist niemand. Nur nasses Wetter und gatschiger Boden. Brrr! „Hier bin ich, Jonas!" Cara winkt ihm von ihrer Hütte aus. Also Frühstück bei Cara. Kein Problem. Bei Regenwetter hatten sie schon öfters Frühstück bei irgendwem in deren Hütte. Es ist nichts Besonderes. Er nimmt seine Regenhaut, die nur aus einem Fetzen Plastik besteht und rennt über den matschigen Boden. Fontänen des braunen, an den Füßen kleben bleibender Matsch, spritzen hoch. Fluchend kommt er mit Dreck verklebten Schuhwerk bei ihr an und zieht sie zwischen Tür und Angel aus. Sein Hintern ist nass! Er hat sich nur vorgebeugt, um die klumpigen, schweren Stiefel von seinen Füßen zu bekommen! Arrgh! Wenn sie noch länger hier sein müssten, würde er bei jeder Hütte einen kleinen Vorbau machen. Endlich kommt er in die Trockenheit und sucht sofort den Kamin auf, um sich aufzuwärmen. Auch Wolf ist da. „Kumpel, du hast es dir schon gemütlich gemacht!", meint Jonas fast vorwurfsvoll. Der Kopf zwischen den Pfoten hebt sich und die Zunge hängt auf einer Seite aus dem Maul. Der Wolf scheint ihn auszulachen! Arrgh!

„Guten Morgen Jonas!", zwitschert Cara. Jonas lächelt. Cara ist eine sehr friedvolle Person. Stets hat sie ein Lächeln im Gesicht und eine helfende Hand für jeden. Er mag sie sehr. „Ich wünsche dir auch einen guten Morgen, Cara." Ihm geht es gleich besser, als er einen Becher voll mit heißem Getränk bekommt. Der Raum ist voll. Alle sind hier versammelt. Seit sie Wolf haben, brauchen sie keine Wache mehr zu postieren. Wolf schlägt an, sobald er etwas wittert. Er ist eine prima Wache. Die Stimmung ist friedlich. Gemeinsam beginnen sie den Tag, der wirklich sehr trüb begonnen hat. „Was müssen wir heute tun? Haben wir genug Vorräte? Sind Reparaturen notwendig?", will Aksinja wissen. „Wir haben Vorräte für etwa zwei Tage!", resümiert Cara. Jonas ist erleichtert. Sie haben genug zu Essen. Sie müssen nicht in dieses Scheißwetter hinaus. Bei den Reparaturen kommt auch keine Antwort. „Gut. Dann haben wir heute einen gemütlichen Tag. Wer hilft Cara beim Essen?" Jannika hebt die Hand. „Ich!" „Ich brauche eine Hilfe bei einem

Kräutermix!", hofft Eira. „Ich helfe dir gerne, Eira!", meldet sich Florence freiwillig und lächelt Eira zu.

Eine kleine Pause entsteht. Dann erhebt Aksinja wieder das Wort. „Ich denke, dass Jonas uns etwas Wichtiges zu erzählen hat… Jonas?", fordert sie ihn auf. Er räuspert sich. „Tja… ich habe gute Nachrichten für euch alle! Wir können dieses Dorf verlassen und nach Hause fahren!" Stille. Dann kreischen Irina und Olga los. „Wir können hier weg? Echt?!" Sie fallen sich in die Arme und hüpfen Arm in Arm drauflos. Sie freuen sich riesig. Überhaupt können es alle nicht glauben. Florence fängt mit Cara im Arm zu weinen an. Sie haben es sich so sehr gewünscht. Dass es jetzt soweit ist… das ist unglaublich! „Gefährtinnen! Wie lange es noch dauern wird, wissen wir nicht. Aber es können nur ein paar Tage sein. Bis dahin erwarte ich von euch, dass wir normal weiter machen, alles klar?" Alle nicken zustimmend und fangen an frenetisch zu klatschen. „Noch eines!", schreit Aksinja lachend in den Tumult. „Wir wissen nicht, wie es mit uns weitergehen wird! Erwartet bitte keine Wunder! Wir werden für immer

zusammen bleiben, für immer und ewig!"
„Für immer und ewig!", stimmen alle zu.
Die Tränen fließen jetzt ausnahmslos.

Es soll noch drei Tage dauern, bis Wolf
gefährlich zu knurren anfängt. „Was ist
los?", alarmiert springt Jonas auf und
schnappt sich seine Waffen und rennt
hinaus. Er klopft an die Tür Aksinjas,
Olgas und Irina. „Schnell, Wolf hat
angeschlagen!" Die drei Frauen sind
blitzschnell an seiner Seite. „Geht in eure
Hütten und verhaltet euch still. Schnell!",
scheucht die Anführerin den Rest der
Frauen weg. Sie gehorchen
augenblicklich. Sie wissen, was in solch
einer Situation zu tun ist. Sie
verbarrikadieren sich und suchen sich
selbst einen Gegenstand, mit dem sie
einen Feind in die Flucht schlagen
können. Die drei Gefährtinnen und Jonas
verstecken sich in verschiedenen selbst
gebauten Unterschlüpfen. Wolf ist bei
Jonas und knurrt nach wie vor. „Sch…
sch… sch…", versucht Jonas ihn leise zu
bekommen. Wolf verharrt. Sein Körper
ist dennoch spannungsgeladen. Er duckt
sich, wie Jonas, hinter einem scheinbar
umgefallenen Baumstamm. Sie warten…

Das ist doch… na klar! Das sind Motoren! Ist es Sebastian? Er muss abwarten. Er blickt zu Olga, die am Nächsten zu ihm auf dem Boden verharrt. Über ihr ist Blätterwerk verteilt. Der aufgespannte Pfeil lugt hervor. Man sieht die Frau kaum. Er legt den Finger auf den Mund, um ihr zu signalisieren, dass sie noch still halten muss. Auf der anderen Seite ist Aksinja. Sie steht hinter einem sehr dicken Baumstamm. Dichte Äste hängen weit herab… fast bis zum Boden und verbergen sie. Ihr Bogen ist gespannt. Auch ihr gibt er dasselbe Zeichen. Irina ist nicht in seinem Blickfeld. Aber er macht sich keine Sorgen um sie. Er weiß wo sie ist und dass sie ebenso gut verborgen ausharrt. Sie alle sind gut abgestimmte Jäger geworden. Einzig der nasse Boden gefällt ihm nicht. Es hat fast immer geregnet seit er verkündet hat, dass Hilfe kommt.

Die Motoren werden lauter. Er sieht vorsichtig über den Stamm. Er kann noch nicht erkennen, ob es der Mann ist, den er sehnsüchtig erwartet. Die Geräusche werden lauter. Vorsichtig nähern sie sich. Es gibt hier keine Straßen. Hier muss erst eine geeignete Fährte gesucht werden.

Bald sind sie im Blickfeld. Sie bleiben stehen. Ein Mann springt heraus und kommt langsam aber vorsichtig näher. Seine Hände haben ein Maschinengewehr im Anschlag. Jonas drückt sich abermals vorsichtig hoch. Dann grinst er. „Sebastian! Hier bin ich!" Mühsam drückt er sich hoch. Am Boden ist es grausam kalt gewesen. Seine Gliedmaßen sind steif. Ihm ist saukalt. Aber es hindert ihn nicht, seinem Kumpel aus seiner Welt entgegen zu eilen! „Mensch! Hättest du nicht in der Karibik sein können? Was machst du hier! Da ist es doch abartig!" Sebastian kommt Jonas entgegen und sie umarmen sich. Jonas möchte ihn nicht so schnell loslassen. „Ich freue mich so…" „Kumpel, es ist ja gut!" Sebastian klopft Jonas kumpelhaft auf seine Schulter. „Komm lade mich auf ein Bierchen ein!" Jonas lacht. Sein Kumpel ist… wie er nun mal ist. „Was ist das denn? Ein Wolf?!" „Ja, darf ich vorstellen? Wolf… Sebastian! Komm überlass ihm deine Hand, damit er dich erkennt!" Zaudernd und misstrauisch streckt Sebastian vorsichtig seine Hand dem Tier entgegen und lässt sich schließlich ablecken.

„Komm!" Jonas zieht ihn ungeduldig weiter. „Aksinja! Ihr könnt rauskommen! Unsere Fahrkarte nach Hause ist da!" Langsam kommen die Frauen aus ihren Verstecken, oder Häusern heraus. Stumm und argwöhnisch bleiben sie vor den Männern stehen. Sebastian bleibt der Mund offen stehen. „Sind da nur Frauen? Mann, da hat ja einer mehr Glück als Verstand!", meint er vorlaut. Insgeheim ist er entsetzt. Die Frauen sehen nicht einmal ansatzweise zivilisiert aus! Sebastian hat das Gefühl, als stünde er vor hexenhaften Geschöpfen. Strähnige Haare, die über Schulter, sogar bis zu deren Hintern fallen… blasse dreckverkrustete Gesichter… Kleidung, die aus Fellen, oder etwas anderem besteht… er kann es nicht erkennen… dürr, na ja, vielleicht nicht alle… aber insgesamt ein trauriger Anblick.

„Kommt mit in meine Hütte!", fordert Jonas alle auf. Er hat genug von der Kälte. Er winkt den Frauen und zieht Sebastian mit sich. Sebastian sieht sich im inneren um. Die karge Einrichtung lässt ihn erschaudern. Wie lange war sein Kumpel weg? Ein Jahr? Mensch, das ist ja abartig! Entsetzt mit dem Kopf schüttelnd lässt er sich auf einen Sessel fallen. Die Frauen kommen hinter ihnen herein. Sie sind nass, beunruhigt und würden am liebsten doch hier in ihrem Dorf bleiben. Der Fremde verunsichert sie extrem. „Setzt euch doch!" Sie rücken zusammen und nehmen auf seinem Bett Platz. Jonas zuckt zusammen. Seine Felle! Sie werden verschmutzt und nass sein! Aber was soll's! Vielleicht schaffen sie es, dass sie heute noch abreisen können. Er wendet sich Sebastian zu. „Also, das sind Aksinja, die Anführerin. Olga und Irina, die Wächterinnen. Eira, die Heilerin. Cara, die Köchin. Jannika, die Tapeziererin und Näherin. Florence kann eigentlich alles." Sebastian nickt allen zu. Die Gesichter von den Frauen zeigen keine Regung. Sebastian weiß nicht einmal, ob sie überhaupt des Wortes mächtig sind. „Sie wollen alle mit dir mit?" Stirnrunzelnd blickt Sebastian eine nach der anderen an. „Ja." „Okay, wann seid ihr abfahrbereit?" Er sieht fragend zu der weiblichen Gruppe. Nun sehen alle fragend auf Jonas. „Tja. So bald wie möglich. Viel mitzunehmen haben wir nicht. Wir packen nur das Nötigste ein. Felle… Häute… Waffen… vielleicht einige Vorräte?", fragend sieht er die Mädchen an. Sie nicken und springen sofort auf. Jetzt haben sie es eilig. Sie wollen weg. Sofort!

„Waffen? Vorräte?" Sebastians Gesicht ist eine einzige Frage. „Wenn wir schönes Wetter hätten, hätte ich dir noch das Leben hier gezeigt. Es hätte dir sicher imponiert. Aber so… Jetzt muss ich Wolf noch dazu bringen, zu seinem Rudel zurück zu gehen! Er kann nicht mitkommen!" Wolf hebt seinen Kopf. Er hat die Stimme seines Gefährten gehört und winselt. Jonas kniet sich vor ihn hin und umarmt ihn. „Wolf, ich gehe weg von hier. Es war mir eine Ehre, dich gekannt zu haben. Aber ich kann dich nicht mitnehmen. Es würde dich zugrunde richten. Bitte mach es mir nicht schwer. Geh zurück zu deinem Rudel!" Als würde das Tier alles verstanden haben, leckt er über das Gesicht von Jonas. Dann knurrt er. Jonas schreckt auf. „Hey, was machst du da?!" Er sieht Sebastian böse an. „Ich musste einfach ein Foto von dem Mann machen, der mit dem Wolf tanzt! Es würde mir sonst keiner glauben!" Jonas schüttelt ungläubig den Kopf. „Du Arschgesicht, du hast Wolf erschreckt!", schimpft er. Sebastian lacht nur. Jonas steht auf. Wolf erhebt sich mit ihm und beide gehen zur Tür. Resolut öffnet er. „Mach schon, bevor ich es mir anders überlege und dich doch mitnehme… geh!" Wolf hebt noch ein letztes Mal seinen Kopf und heult laut auf. Lang und anhaltend nimmt er Abschied von seinem menschlichen Gefährten. Wie ein Echo nehmen andere Wölfe im Wald das Heulen auf. Es scheint gerade kein Ende zu nehmen. Der Wolf sieht ein letztes Mal zu Jonas und trottet in den tiefen Wald hinein. Jonas sieht ihm nach, bis er nichts mehr von seinem Freund sieht. Seufzend dreht er um und schließt die Tür. „Nimm's nicht so schwer!" Jonas gibt darauf keine Antwort und sammelt seine mageren Habseligkeiten zusammen…

Autorin

Die österreichische Autorin, Ingrid Seemann ist glücklich verheiratet und Mutter von zwei erwachsenen Kindern. Ihre Leidenschaften sind das Schreiben, das Lesen von Romanen mit Happy End und Sport als Ausgleich. Wenn sie nicht gerade vor ihrem Laptop sitzt, oder ein Buch liest, ist sie im Fitness Studio oder mit ihren Nordic Walking Stöcken unterwegs.

Noch eine Bitte an meine treuen Leser und an neue Leser. Bitte schreibt Rezensionen. Wir Autoren leben davon! Wir brauchen die Meinungen von Euch, damit wir Euch mit dem nächsten Roman wieder ein gute Zeit bereiten können.

Instagram seei9564

Ein großes Dankeschön an alle meine treuen Fans!

Bisher erschienen

Die erste Generation:

Rock Me Sweetheart

Die russische Oligarchin

Der widerspenstige Russe

Die zweite Generation:

Sarah und Noah, Tanz für mich, Süße!

Die Trilogie

Die dritte Generation:

Die Holzfäller: Passt auf Sie auf!
Ich bin nicht schwul!

Das Schicksal schlägt zweimal zu:
Spiel mit mir!
Es ist alles nur Show!

Überleben Wildnis: Küss den Tiger!
Paparazzi! – Bonus!

Wer viel Erotik liebt, für den habe ich
noch: *Außerirdischen Gefühle*

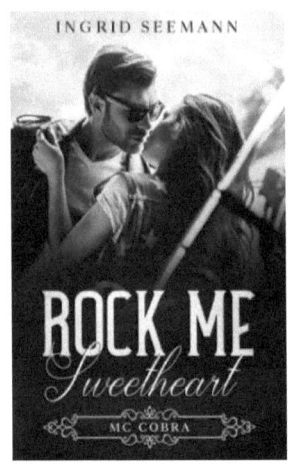

Männer es ist ruhig geworden! Nicht, dass ich nicht froh darüber bin!" Die Cobra sind wieder im ‚Together'. Manuel hat das Wort. „Die Black Rats bleiben fern. Wir können beruhigt unser Ding machen." „Du hast es verschrien!" Carlo zeigt auf die zwei Typen, die sprichwörtlich gerade mit der Tür ins Haus fallen.

Die Holztür fällt mit einem lauten Knall gegen die Wand und zwei gefährlich aussehende Typen, mit schwarzen Brillen stehen auf der Schwelle. Sie kommen schnell und direkt auf Manuel und Jennifer zu. Berechnend begutachtet einer der beiden Männer, der jetzt langsam und schauspielreif die Brille absetzt, den gewölbten Bauch der Frau.

„Schwanger ist sie auch schon. Ihr habt keine Zeit verloren wie ich sehe!" Er lacht. Das strahlend weiße Gebiss blitzt auffällig im Gegensatz zu dem gebräunten Gesicht.

„Wer seid ihr?" Manuel sieht sie feindselig und misstrauisch an. Er wäre wirklich froh, wenn sie sofort wieder von hier verschwinden würden. Er riecht Ärger…großen Ärger. Jennifer taxiert sie genau. Die Männer sind intensiv und gutaussehend. Aber die permanente Gefahr, die sie ausstrahlen ist nahezu greifbar. Sie tragen schwarze, gutsitzende, elegante Anzüge, mit schwarzen Hemden, schwarzen Krawatten und schwarz polierte Lederschuhe. Ihre Haare sind kurzgeschoren und die Gesichter kantig und rasiert. Sie sind athletisch gestählt. Ihre Anzüge betonen die breiten Schultern und schmale Hüften. Jennifer tastet im Verborgenen nach Manuel, nur um sich etwas beschützter zu fühlen.

Einer der Männer sieht sich abwertend um. „Armselige Hütte! Habt ihr Vodka?" Manuel sieht sich suchend nach dem Jungen hinter der Bar um. Manuel streckt zwei Finger hoch, damit er zweimal einschenken soll. Der junge Bursche bringt sie schnell an den Tisch und verschwindet eiligst wieder hinter den Tresen. Die Fremden sind ihm nicht geheuer. „Setzt euch!", fordert Manuel sie auf und die Cobra rücken zusammen. Zwei Sessel werden frei. Langsam, immer den achtsamen Blick über die beachtliche Männerrunde schweifend, lassen sie sich nieder. Die Gläser, gefüllt mit Vodka, werden zu ihnen hingeschoben. „Trinken wir erst einmal. Dann erzählt uns wer ihr seid und was ihr von uns wollt." Sie stoßen absichtlich nicht an. Sie sind keine Freunde.

Manuel beobachtet die Männer genau. Er lässt sie keinen Moment aus den Augen. Kein Detail bleibt ihm verborgen. Er merkt, dass sie sich kurz ansehen und eine unhörbare Kommunikation findet zwischen den Anzugträgern statt. Dann setzt einer der beiden an, zu sprechen. „Uns ist zu Ohren gekommen, dass ihr Freunde des MC der Black Rats seid?" Manuel runzelt die Stirn. „Als Freunde würden wir uns nicht bezeichnen. Wir kennen uns, ja...", meint er gedehnt vorsichtig. „Wie würden sie die

Beziehung zwischen den Cobra und den Black Rats bezeichnen?" „Was soll diese Befragung?!" Manuels Stimme ist eindeutig ungeduldig geworden. Stehen sie vor dem Kadi, oder was?! „Wir haben keine gute Beziehung zu den Black Rats. Ihre Freunde sind unsere Feinde!" Die unseligen Andeutungen nerven die Cobra. Knurrend sehen sie die fremden Männer an. Der eisig blaue Blick des einen wandert unbeugsam durch die Runde und bleibt bei dem, auch eisig blauen Blick Manuels hängen. Kurz schweift der Blick des einen Fremden zu Jennifer hinüber.

Sie irritiert ihn. Ihre rehbraunen Augen sind weit aufgerissen. Dennoch sind sie nicht unschuldig. Ihre Schwangerschaft ist schon sichtbar vorangeschritten. Unbewusst sucht sie Schutz bei dem Mann neben ihr. Einen Moment noch bleibt sein Blick an ihr hängen und schwenkt wieder zu Manuel hin, dessen Augen nun zu eiskalten Schlitzaugen zusammengezogen sind. „Wir wollen wissen, wieweit ihr den Black Rats verpflichtet seid und wieweit ihr uns deswegen in die Quere kommt!" „Wir sind weder befreundet mit diesem MC und wir Cobra sind kein MC, der sich bei jeder Gelegenheit verpflichtet fühlt, sich in Interessenskonflikten anderer hineinzustürzen!", kontert Manuel. „Dann habt ihr von uns nichts zu befürchten!" Der Anzugträger hebt das Glas mit der farblosen Flüssigkeit und prostet Manuel zu. Wie um seine Worte zu bekräftigen, stößt der Anführer der Cobra mit seiner Bierflasche kräftig gegen das Glas Vodka und sieht dem Mann selbstbewusst in die Augen. Er lässt sich doch von so einem Mann nicht unterkriegen! Was wollen sie eigentlich hier? Nach dem Dialekt zu urteilen sind es offensichtlich Russen…nicht gut, gar nicht gut…

Die Tür fliegt abermals mit einem Karacho auf. Die Russen schnellen in die Höhe. Beide haben plötzlich, wie aus dem Nichts, furchteinflößende Handfeuerwaffen in ihren Fäusten, die auf den Präs, der mit zwei seiner Brüder hereingestürzt ist, gerichtet sind. Die Black Rats zielen mit ihren Pistolen auf die Russen. Das Klacken der Entsicherung hat die Frauen der Cobra erschrocken aufschreien lassen. Dann verstummen sie wie erstarrt. Sie haben

Angst. So eine Situation ist gefährlich und sie haben nicht damit gerechnet, einmal dieser ausgesetzt zu werden!

Mann gegen Mann stehen sich die Bewaffneten gegenüber. Es fällt nicht auf, dass die Rocker in der Überzahl sind. Die Russen stehen entschlossen da. „Das ist doch die Höhe! Was macht ihr hier?" Der Präs zielt mit seiner Waffe einem Russen direkt zwischen die Augen und sieht sich, scheinbar furchtlos, selbst einer schwarzen Mündung gegenüber. Der Raum ist mit gespannter Energie geladen. Die Cobra, erwartungsvoll und nervös neugierig, sind froh, dass sie nicht der Grund des Zwists und nicht zur Zielscheibe geworden sind. Sie verharren angespannt, die Luft erregt anhaltend, was wohl jetzt geschehen würde.

Manuel erhebt sich vorsichtig, immer die Kontrahenten und die Waffen im Blick haltend. Er ist darauf bedacht nicht zwischen die Fronten zu kommen. Seine Arme sind leicht zur Seite erhoben. Er versucht die Lage zu entspannen. Es fehlte noch, dass hier geschossen wird! „Männer! Beruhigt euch. Wir können das auch anders lösen. Wir brauchen hier keine Schießerei!" Er versucht die Lage weiter zu entschärfen, passt aber weiterhin auf, dass er selbst nicht ins Schussfeld gerät.

„Präs! Was willst du trinken? Ich lade dich ein!" „Bier!" „Bier für die Black Rats! Vodka für die Russen!" Der Junge an der Theke beeilt sich.

Vorsichtig, um die Russen nicht weiter zu reizen, setzt sich der Präs ungefragt neben Manuel und sieht ihn böse an. „Wir haben Stress mit DEN Russen!", grollt er und zeigt mit seiner Pistole auf die beiden Männer, den Finger noch immer am Abzug. „Das geht uns nichts an!" Manuel wiegelt kopfschüttelnd ab. Er will keinen Stress mit den Russen! Die Russen haben inzwischen wieder ihren Platz eingenommen. Ihre gefährlich aussehenden Waffen liegen griffbereit vor ihnen auf dem Tisch, nachdem der Präs seine ebenfalls dorthin abgelegt hat. „Wir sind eure Freunde und wollen euch warnen!" Der Präs lässt nicht locker. „Wir wollen nicht in illegale Dinge hineingezogen werden!" „Jetzt hör mir doch erst zu!" „Sag, was du zu sagen hast und dann haut ab." Der Präs sieht dem

Präs der Cobra verärgert und mit zusammengezogenen Augenbrauen an. „Also gut! Die Russen wollen durch unser Gebiet durchreisen! Das können wir nicht zulassen!" „Warum nicht?", Manuel zieht fragend die Augenbrauen hoch. „Weil es unser Gebiet ist und die da haben nichts bei uns verloren!" „Wir haben kein Problem mit ihnen!" „Aber wir!"

Jennifer seufzt. Soviel Männerdummheit hat sie schon lange nicht gehört. „Präs was ist eigentlich dein Problem?" Sie fordert ihn beherzt mit einem funkelnden Blick heraus. Die Männer verstummen und starren das Weib an, das es gewagt hat, sich einzumischen. Der Präs sieht sie lange an. Sie ist noch schöner als je zuvor, denkt er sich. Seine Augen wandern begehrlich langsam nach unten und sehen ihren Bauch. „Jetzt hast du also auch schon einen Braten in der Röhre! Das ging ja schnell!" Er grinst obszön. Jennifer blitzt ihn ärgerlich an. Diese dumme Sprache gefällt ihr nicht. Sie holt tief Luft und zetert: „Präs! Wenn du noch einmal so mit mir sprichst, dann…dann…" Grinsend spitzt er die Lippen und schickt ihr einen Luftkuss.

Sie kann nicht anders und zeigt ihm den Stinkefinger, dreht sich verärgert zu ihren Freunden um und lässt den blöden Mann absichtlich außen vor. Der Präs lacht laut los.

Die Situation eskaliert. Manuel erhebt sich, rot sehend von seinem Platz. Mit dem Arm ausholend, knallt seine rechte Faust auf die Nase des Mannes neben ihm, der es gewagt hat seine Frau zu beleidigen. Ein leises Knacken zeugt von einem splitternden Knochen. Blut spritzt aus den Löchern. Die ganze Scheiße spritzt über den Tisch hinweg. „Iihh!" Carlo ist aufgesprungen. Die Russen haben von dem einem Moment auf den anderen ihre Waffen in die Hand genommen und zielen auf den Präs der Black Rats. Die Waffen werden gleichzeitig schon wieder mit einem Klick entsichert. Der Präs wischt mit seinem Handrücken über die Sauerei und springt höchst erregt auf.

„Komm hoch, wir haben noch etwas offen!" Manuel, in Alarmbereitschaft, bleibt wo er ist. Sein stählerner Blick duelliert sich mit dem des Präs. „Wir haben nichts offen! Du hast verloren und

Jennifer gehört mir! Hau ab, Mann!" „Ja, haut ab und lasst euch nicht mehr bei uns blicken!", schreit Carlo übermütig hinterher. Georg rammt ihm den Ellbogen in die Weichteile, um ihn ruhig zu halten. „Halt's Maul!", zischt Kevin auf der anderen Seite zu Carlo. Die Männer der Cobra stehen unter enormen Stress. Was wird passieren? Werden die Russen, oder die Black Rats das Feuer eröffnen? Dann sind sie geliefert. Sie wollten das wirklich nicht. Wie sind sie nur in diesen Schlamassel gelandet? Aufgeregt und äußerst nervös beobachten sie die gefährliche Situation weiter.

Der Präs wird schließlich verärgert von seinen Brüdern nach draußen gezogen und bald kehrt Ruhe ein. Unheimliche Ruhe. Zuerst wagt keiner tief Luft zu holen – nicht, dass der Präs es sich anders überlegen könnte! „Mann, die sind lästig!" Carlo hat wieder einmal den Nagel auf den Kopf getroffen. „Hoffentlich geben die auch einmal Ruhe!" Kevin verdreht die Augen.

Die Russen haben mit Neugier die Szene beobachtet. Sie sind jetzt überzeugt, dass die Cobra keine Freunde der Black Rats sind. Manuel sieht zu den Russen. Die beiden haben sich wieder entspannt und ihre Pistolen liegen wieder gesichert auf dem Tisch vor ihnen. „Wollt ihr noch Vodka?" Sie nicken verhalten. Ihre Mienen sind undurchdringlich. „Samuel, Vodka für die russischen Gäste!" Die Stimmung schwenkt bald zu einer Feier Laune um. Die Cobra lachen erleichtert hinter dem geschlagenen Präs her. Sie prosten den Vodka trinkenden Russen freundschaftlich zu und trinken gierig aus ihren Bierflaschen. Ihre Kehlen sind eindeutig zu trocken geworden!

Die Situation hat sich spürbar gelockert. Es wird gelacht und gegrölt. Manuel erzählt die Beziehung der Cobra zu den Black Rats. Die Russen lauschen den Ausführungen des Mannes Manuel, nicken hin und wieder leicht mit dem Kopf, um Verständnis zu zeigen und verabschieden sich bald. „Ich glaube, wir haben neue Freunde gefunden! Wenn ihr mit dem Präs Probleme habt, dann wendet euch an uns! Wir sind überall!" Die Russen zeigen sich vornehm herablassend und zücken eine Visitenkarte, die Manuel stellvertretend für seine Kumpels entgegennimmt. Sie können über die Telefonnummer, die auf der Karte steht, jederzeit Hilfe anfordern! „Mann das ist ja heftig!", nicht nur Carlo macht große Augen. Manuel wird zum Abschluss von den Russen brüderlich umarmt. Sie klopfen ihm kräftig auf den Rücken und küssen ihn dreimal links und rechts auf die Wangen. Die neue Freundschaft ist beschlossen und besiegelt. Der Russe, der Jennifer vorhin angestarrt hat, zieht sie in dieselbe brüderliche Umarmung wie Manuel. Sie schnappt geräuschvoll nach Luft, aber lässt es stoisch über sich ergehen. Manuel macht, auch wenn es ihm schwer fällt, gute Miene. Dann sind die russischen Gäste weg.

Die Cobra atmen auf. Sie sind wieder unter sich. „Ich glaube, wir hatten soeben Glück!" Kevin spricht aus, was sich alle schon gedacht haben. „Du hast Recht, Mann!" „Das war heftig!" Ein lauter Knall und einige Schüsse mehr, durchbrechen die Stille. Manuel springt auf. „Samuel! Mach sofort die Theke sauber! Wir müssen raus, sonst bekommen wir Ärger!" „Was ist da unten los Carlo?" Kevin sieht fragend zu Carlo, der am Fenster zur Straße steht und dort die Szene, versteckt hinter dem Vorhang, beobachtet, die Manuel soeben vermutet hat. „Die Russen haben den Präs erschossen!" „Sammelt eure Flaschen ein! Helft Samuel an der Theke!" Manuel ergreift hektisch einige Flaschen, die in seiner Nähe stehen und trägt sie laufend zur Theke. Carlo hilft Samuel. Sie sammeln die Bierflaschen in die Kisten, leeren die Gläser mit dem Vodka und schwemmen sie aus. Die Cobra machen den Schankraum klar und stellen die Sessel auf die Tische.

Plötzlich hören sie Sirenengeheul. „Die Bullen! Los! Hinaus zur Hintertür! Samuel du kommst mit uns!" Manuels kurze Anweisungen lassen die Männer sich beeilen. Sie drehen die Lichter aus und Kevin nimmt Samuel, der nicht weiß wie ihm geschieht, unter seine Fittiche. „Los komm, Junge! Ich fahre dich nach Hause!" Sie starten gerade ihre Bikes, als sie hören, dass die Polizei an der vorderen Tür angekommen ist. Mit leisen Motoren lassen sie ihre Motorräder wegrollen und geben Gas, sobald sie außer Hörweite sind.